어른 김장하

일러두기

1. 이 책은 다큐멘터리 〈어른 김장하〉의 각본으로, 미리 짜인 내용이 아닌 인터뷰 진행에 따른 발화를 그대로 옮겨 적었음을 밝힙니다.
2. 대사는 입말임을 감안하여 일부 한글맞춤법에 어긋나는 표기도 그 표현을 살렸습니다.

어른 김장하

각본

당신을 만나고 더 좋은 사람이 되고 싶어졌습니다

목차

우연에서 행운으로 이어진 프로젝트

복권을 사지 않는다. 한 사람이 누릴 행운에는 총량이 있다고 믿는 편인데 그걸 돈에다 쓰고 싶지 않아서이다. 그래서인지 돈은 몰라도 제작 운은 남들보다 좋은 편이다. 특히 〈어른 김장하〉는 우연에서 시작해 운으로 이어진 프로젝트다.

2019년 술자리에서 우연히 '김장하'라는 낯선 이름과 믿지 못할 선행들에 대해 들었다. 그러나 기획서는 회사의 제작 허가를 받지 못한 채 2년간 묵혀졌다. 당시엔 나쁜 운이라 여겼지만 지금 생각해 보면 오히려 좋은 운이었다. 시간이 흘러 갑자기 제작 기회가 찾아왔을 때 마침 김장하 선생은 은퇴를 준비하고 있었으며 김주완 기자 역시 조기퇴직으로 여유가 생길 즈음이었다. 이럴 수가 있을까 싶을 정도로 좋은 우연이 연이어 겹쳤다. 역시 복권을 사지 않길 잘했다.

그럼에도 그 운은 왜 하필 나에게 왔을까. 모두가 탐낼 만한 아이템이지만 아무도 쓰지 않은 기획서였다. 숙취에 시달리면서도 전날 술자리에서의 놀라운 이야기를 되짚어 자료 조사를 하고 기획서를 썼다. 안 될 것 같아도 내가 들은 이야기를 놓칠 수 없어서 일단 썼다.

절대 인터뷰를 하지 않는 분이라지만 혹시 모를 행운을 찾아 먼지 쌓인 자료실에서 낡은 테이프들을 뒤졌다. 그렇게 1992년 형평기념사업회 초대 이사장인 마흔여덟의 김장하를 찾았다. 우주의 기운이 문득 나에게로 쏠렸는지 어쨌는지는 모른다. 다만 퐁당퐁당 있는 우연과 운을 놓치지 않을 만큼의 성실함이 그 순간의 나에게 있었다.

되든 안 되든 미리 재단하지 않고 언젠가 올 행운을 낙관하며 내가 하고 싶은 일을 했다. 2021년 늦가을에는 김주완 기자를 만나 공동 취재를 제안했다. 김장하 선생에 대한 책을 쓴 유일한 사람이기도 했지만, 상대는 물론 자신에게도 깐깐한 기자이기 때문이다. 무조건 찬양 일색인 인물 다큐멘터리는 만들고 싶지 않았다. 김주완 기자라면 존경하는 사람도 의심해 볼 수 있고 어떤 기적에도 '왜?'라고 질문할 수 있을 것 같았다. 자신이 어떤 기자인지 32년 경력을 통해 직접 증명했기에 김장하 선생도 믿을 수 있는 사람이라 생각했다. '모든 자료를 공유하고 각자 다큐멘터리 영화와 취재기를 만들어 동시에 오픈하자'는 조금 독특한 방식의 공동 취재가 결의되었고, '김주완 기자가 취재하는 어른 김장하 이야기'라는 플롯까지 단박에 합의가 이루어졌다. 지역 언론인으로서 김주완 기자를 존경해 왔기에 두 사람의 이야기가 중첩되는 부분이 영화적으로도 의미가 있으리라 기대했다.

이우환 MBC경남 사장과 함께 처음 남성당 한약방에 찾아간 날, 생각보다 훨씬 자그마하고 고운 할아버지, 김장하 선생을 만났다. 분명 사람을 압박하는 말투와 눈빛은 아닌데 이상하게 자세를 고쳐 앉게 되었다. 다큐멘터리 제작에 대해 말을 꺼내자, 선생은 조용하지만 단호하게 인터뷰를 거절하였다. 역시. 괜찮다. 아직 쫓겨나진 않았으니까.

기억에 남는 장학생 이야기를 할 때면 눈빛이 부드러워졌다. 평소보다 말씀도 많아지셨다. 좋은 힌트였다. 함께 진땀을 흘리며 차를 마신 사장이 돌아오는 길에 쐐기를 박았다. “진짜 멋진 분이다. 이거 꼭 해야 한다.” 그 뒤는 아시다시피 김주완 기자를 앞세워 무작정 남성당에 찾아가고, 찾아가고, 또 찾아갔다. 정식 인터뷰는 할 수 없으니 일하시는 틈틈이 궁금한 걸 물어보는데, 옆에서는 밀린 주문을 결제하느라 카드 단말기가 계속 찍찍대고 옆방에서는 배송 보낼 약 상자를 포장하느라 테이프 뜯는 소리가 요란했다. 뵙자마자 인사와 동시에 슬쩍 선생의 셔츠 앞주머니에 무선마이크를 꽂아 넣는 뻔뻔함이 매번 오디오를 살렸다.

취재 과정에도 수많은 우연과 행운이 이어졌다. 한 사람을 만나면 또 다른 사람을 소개받았다. 그들에게서는 전혀 몰랐던 이야기들이 쏟아졌고 카메라도 없이 그냥 들른 남성당에서 갑자기 장학생을 만나 휴대폰으로 급히 촬영하기도 했다. 길거리 할머니나 그냥 잡아탄 택시 기사도 김장하 선생이라면 덮어놓고 칭찬했고 조금만 뒤져 봐도 여기저기 ‘나도 그 돈 받았소’ 손 들지 않는 곳이 없었다. 솔직히 너무 많은 일을 하셔서 다 전하고 싶은 욕심에 러닝타임만 한없이 길어졌다.

덕분에 다큐멘터리 〈어른 김장하〉는 무사히 제작을 마치고 연말-연초 방송과 동시에 많은 관심과 애정을 받았다. ‘역시 행운인가?’ 싶지만 사실 이건 다 김장하 선생이 뿌린 거름에서 피어난 것이다. 너무나 비상식적인 일들이 많이 일어나고 있는 요즘이라 평범한 사람의 보편 상식을 지키는 것만으로도 공동체가 이토록 건강해질 수 있다는 사실이 큰 위로가 된 것 같다. 진보나 보수 같은 진영논리 말고, 네 편 내 편 나누느라 옳고 그름은 뒷전인 속 터지는 이야기 말고 그냥, 좋은 사람이 이치에 맞는 옳은 일을 평생에 거쳐 실천하는 아름다운 이야기가 고팠으리라. 같은 목마름이 많다는 건 언젠가 단비가 내린다는 뜻이라 생각한다.

연출자로서의 행운을 좀 더 적어 보자면 연출이 정말 연출만 해도 될 것 같은 기분이었다는 것이다. 물론 그런 기분이었다는 것이지 실제로도 그랬다는 건 아니니 감안하시길 바란다. 이 다큐멘터리는 처음부터 영화로 만들어 보자고 기획했기에 24FPS(초당 24프레임), 4K log로 촬영했다. 보통과 다른 방식으로 작업할 때는 다 돈 아니면 노동으로 메워야 하는데, 이런 경험도 없으니 막막한 경우가 많았다.

이럴 때 팀장이 나서 주었다. 데이터 매니징부터 색 보정, 음악까지 전문가들을 초빙해 사내교육을 실시했고 유통을 뚫기 위해 적극 세일즈를 펼쳤으며 지역사로서는 하기 힘든 사전 홍보도 열심히 해 주었다. 사실 받을 때는 잘 몰랐는데 다른 지역사에서 너무나 부러워하기에 갑자기 더 고마운 마음이 들었다. 전우석 제작팀장의 이런 지원이 앞으로는 보편 시스템이 되어서 전 팀장이 다시 현장으로 돌아가도 똑같이 누릴 수 있길 바란다.

방송이 나간 후 알 만한 여러 곳에서 김장하 선생을 만나 뵙고 싶다는 요청이 왔다. 큰 상을 제안한 곳도 있었다. 역시나 선생께서는 모두 단박에 사양하셨다. “줬으면 그만이지. 내가 보답받을 필요도 없고.” 그러실 것이라 짐작은 하고 있었지만, 겪을 때

마다 감탄하게 된다. 어떻게 한치도 흔들리지 않고 잠깐도 고민하지 않을 수 있을까.

한때 불타오르는 영웅은 많다. 하지만 평생토록, 조용히 남몰래 아름다운 태도를 지켜 가는 영웅은 흔치 않다. 허락도 없이 다큐멘터리를 만들어 은퇴 후의 평온을 방해한 것이 죄송하지만 선생께서는 여전히 고요하게 자신의 테두리를 지키고 계신다. 그저 감사할 따름이다. 김장하 선생께서 사부작사부작 꼼지락꼼지락, 오래오래 건강하셨으면 좋겠다.

— 김현지, 〈어른 김장하〉 감독

20여 년 전 진주 오광대 연습실에서 김장하 선생님의 '진주 정신'에 관한 강의를 촬영했을 때 선생님의 카랑카랑하고 거침없던 모습을 기억한다. 한 시간이 넘도록 자료 한 번 보시지 않고 어찌나 말씀을 잘하시던지, 한약방에만 계시던 분이 아니라 마치 오랫동안 대학에서 강의한 교수님 같았다.

그리고 20여 년이 지난 후, 김장하 선생님을 한약방에서 다시 본 순간 얼어붙고 말았다. 살짝 열린 한약방 미닫이문 사이로 카메라를 얼마나 매섭게 쏘아보시던지. 다큐멘터리 촬영이 진행될수록 어른의 지나온 시간에 존경심이 쌓였다. 과연 어떻게 살아오셨길래 만나는 사람마다 이토록 꽃향기를 뿜는 것일까? 선생님의 길이 어떠했는지, 선생님의 뒷모습을 꼭 담고 싶어졌다.

평소 인권에 관심이 많아 우연히 맡게 되었던 '형평 100주년 기념사업회 추진단 기획위원장' 직함은 김장하 선생님을 좀 더 자주 가까이 뵐 수 있는 도움 카드가 되어 주었고, 그렇게 촬영한 선생님의 뒷모습에서는 겸손함과 성실함 그리고 세상의 무게와 깊은 성찰이 느껴졌다.

'무주상보시'로 세상에 온기를 전하신 어른께서 이제는 내 카메라가 좀 편해지신 건지 자주 전화를 주신다. 그렇게 봄꽃도 가을 산도 찾으며 지낸 몇 해, 선생님 댁을 자주 찾다 보니 우연히 발견한 선생님 책상에 놓인 책에 마음이 아파 왔다. '죽음'에 관한 책이었다. 수명을 관장했던 남극노인성(Canopus), 남성 김장하 선생님이 늘 건강하시길 기원하며, '김장하 정신'이 이어질 수 있도록 외롭게 짊어지셨던 짐을 이제는 세상의 모든 평범한 사람이 함께 나누어 지길 기원해 본다.

— 강호진 촬영 감독

김장하 선생님과 야구 관람하는 장면
(위) 롯데가 이기고 있을 때 (아래) NC가 역전했을 때

선행도 권력이 된다

기자 생활을 오래 한 사람이라면 이런 경험 한두 번은 꼭 있을 것이다. 봉사활동이나 기부 등 좋은 일을 많이 하는 훌륭한 분이라고 해서 인터뷰하고 소개하는 기사를 썼는데, 보도 후 그분에 대한 온갖 부정적인 제보를 받게 되는 경험. 그럴 땐 정말 당혹스럽다. 이미 나가 버린 기사를 취소할 수도 없고, 후속 보도를 통해 앞선 기사를 부정하기도 난감하다.

근래에도 그런 일이 있었다. 어느 책에서 본 인물이 궁금해서 페이스북에 질문 형식의 글을 올렸는데, 공개 댓글에선 그분에 대한 칭송이 줄을 이었지만, 비공개 메시지를 통해 상상을 초월한 부정과 비리 제보가 쏟아졌다. 당황하여 황급히 페이스북에서 글을 내렸다.

이런 경험을 통해 선행(善行)도 권력이 될 수 있음을 알게 되었다. 언론을 통해 훌륭한 인물로 조명되면 그 이미지를 활용하려는 정치인들이 붙어 그와 친분을 과시하게 되고 언론에서 다시 부각하는 과정이 반복되면서 어느덧 그는 아무도 건드릴 수 없는 성역이 된다.

인물을 조명하는 취재가 조심스러운 점이 여기에 있다. 김장하 선생을 취재할 때도 늘 이런 점이 신경 쓰였다. 하지만 그건 기우였다. 이제 와서 생각해 보니 선생이 유독 언론과 정치인을 멀

리한 이유도 스스로 권력화하는 걸 경계하신 게 아닐까 싶기도 하다.

다큐멘터리 〈어른 김장하〉와 책 〈줬으면 그만이지〉 이후 선생을 직접 만나 뵙고 싶다는 요청이 줄을 잇고 있지만, 지금도 언론과 정치인은 철저히 거리를 유지하고 계신다.

헌법재판소의 대통령 탄핵 선고와 맞물려 문형배 소장 권한대행과 선생의 관계가 화제에 오르면서 각종 언론 보도와 유튜브 영상이 봇물처럼 쏟아지고 있다. 문제는 선생이 하지도 않은 말씀을 여기저기서 갖다 붙여 마치 선생의 어록처럼 만들어 내고 있다는 것이다. 미화를 넘어 명백한 왜곡이며 거짓이다. 심지어 어떤 언론매체는 내가 하지도 않은 말들까지 쌍따옴표 안에 넣어 아예 황당한 소설을 써 놓기도 했다.

선생이 가장 우려했던 게 자신을 미화하는 것이었다. 나나 김현지 감독이 책이나 영화를 만들면서 가장 조심했던 것이기도 하다.

이런 와중에 출간되는 〈어른 김장하 각본〉이 소중한 이유는 진실과 거짓을 가려, 있는 그대로의 선생을 볼 수 있는 기준이 되기 때문이다. 선생도 그러셨다. "칭찬하지도 말고 나무라지도 말고 그대로 봐 주기만 했으면…."

— 김주완, 〈줬으면 그만이지〉 저자

김장하

한약사, 독지가

“우리 사회는 평범한 사람들이 지탱하고 있는 거다”

수십 년간 한약방을 운영하며 큰돈을 벌고 전 재산을 지역 사회와 국가에 환원했지만, 인터뷰는 하지 않는 숨겨진 어른

1944년 경남 사천 출생. 가난한 탓에 사천 동성중학교 졸업 후 학업을 잇지 못하고 1959년 삼천포 남각당 한약방에 점원으로 취업했다. 주경야독 끝에 1962년 한약종상 시험에 합격했으나 미성년자라 1년 후 면허를 받고 1963년 사천시 용현면에 남성당 한약방을 개업했다. 갓 스무 살 된 한약방 원장의 실력이 입소문을 타자 전국에서 손님이 밀려들었다. 1973년 진주시 장대동으로, 1977년 진주시 동성동으로 이전해 50여 년 동안 남성당 한약방을 운영하며 자신이 번 돈을 사회에 환원하는 일에 힘을 쏟았다. 1983년 명신고등학교(학교법인 남성학숙)를 설립해 1991년 국가에 헌납하였고 대한민국 최초의 인권 운동인 형평운동을 알리는 형평운동기념사업회 초대 이사장을 역임했다. 어려운 학생들에게 장학금을 지원하였으며 지역 문화와 언론, 환경, 여성 운동에 후원을 아끼지 않았으나 자신의 선행을 알리는 것에는 관심이 없었으며 언론 인터뷰는 물론 상도 모두 거절했다. 2022년 5월 31일 남성당 한약방 문을 닫고 은퇴해 평범한 할아버지로 지내고 있다.

김주완

기자, 작가 (前 경남도민일보 전무이사)

“선한 분들을 알리는 것도 기자의 사명”

선한 영향력이 확산하는 과정에서 효능감을 느껴
숨겨진 어른을 취재하고자 계속해서 다가가는 지역 언론인

1964년생. 경남도민일보 편집국장을 거쳐 전무이사로 있던 중 정년을 3년 앞당겨 퇴직했다. 경영진으로서 깜냥도 안 될뿐더러 좀 더 긴 호흡으로 깊고 넓은 취재를 해 보고 싶었기 때문이다. 기자로 일할 때 역사와 사람에 관심이 많았고 지금도 그렇다. 인생 2막에서는 더 멋진 사람이 되고 싶다. 그래서 그동안 롤모델로 삼아 왔던 멋진 어른을 첫 탐구 대상으로 정했다.

각본

프롤로그

#1

김주완 뭐라 하지 음…

서성이다 인터뷰 의자에 앉는 김주완.

스태프 슬레이트 치겠습니다. 인터뷰 테이크 원. (박수 치는 소리)

진주 일대 드론 샷.

걸어가며 촬영하는 김주완.

버스 타고 가는 김주완.

사람들이 지나간다.

문 여는 김춘하.

(셔터 올리는 소리)

서창길 제일 많이 한 일이, 돈 벌어서 남 주는 일을 제일 많이 했기 때문에 특별히 재미난 게 없어요.

김경현 자본주의와 아주 거리가 멉니다. 마치 채우고 비우기 위해서 돈을 버는 사람처럼.

우종원 진짜로 지금 제가 생각해 보니까 아주 마음씨 좋은 아저씨 같은.

버스 지나간다.

시외버스터미널에서 계속 걸어가는 김주완.

정행길 여성들 피난 시설을 좀 만들었으면 좋겠는데. 아, 좋다고.

김석봉 김장하 선생님이 환경운동연합의 처음부터 고문이셨어, 고문.

윤성효 진짜 독립운동하듯이 지역 신문 운동을 한 거 아닙니까?

횡단보도 건너는 김장하.

이곤정 우리 형평기념사업회의 백그라운드가 사실은 김장하 선생님이십니다.

고능석 돈을 항상 준비를 해 두신 것 같아요. 하도 찾아가는 사람이 많으니까. 흔쾌히 그때 돈으로 삼천만 원을.

계단 오르는 김주완.

남성당 한약방 들어서는 김주완.

허기도 한약업이 잘 된 것도 양심적으로 좋은 약을 썼기 때문에 그랬다는.

김성진 노무현 후보가 저한테 "너무 좋은 분을 만났던 것 같다. 참 좋았다."

이호봉 이런 사람 없다고 봐야 돼요. 이 진주에 한 댓 사람만 있으면 땡이라.

휴대폰 촬영하는 김주완.

걸어가는 김주완.

사천에서 서성이는 세 사람.

박대지 김장하 씨 역사를 알려고 그래. 좋은 일 많이 했다고.

강남선 응, 많이 했지, 참 많이 했다.

최관경 딸 셋, 아들 하나인데 청첩장을 보낸 때가 없어요. 누구한테도. 돈도 십 원도 안 받아. 지는 우리한테 말이야, 십만 원씩 축의금 내면서 지는 안 받는다? 우리는 거지가?

이용백 이웃에 참 어려운 분이 있었답니다. 남의 눈을 피해서 금일봉을 주고 가는 것을 똑똑히 봤다는 거라. 그런 일들이 수없이, 셀 수 없이 많습니다.

권재열 저분을 닮고 싶다.

파스타 만드는 박영석 셰프.

박영석 될 수가 없기 때문에, 김장하 선생님처럼.

걸어가는 김주완.

김성진 제가 그랬잖습니까. 인터뷰 그분은 할 분이 아니다. 그래서 어떤 작전을 짰냐고 제가 물었잖습니까. 절대로 하실 분 아니죠.

이달희 인터뷰한다고 해도 이사장께선 아마 거절하시지 싶은데?

걸어가는 김장하 뒷모습.

여태훈 사실 저희들이 알고 있는 거는 빙산의 일각일 뿐일 거예요.

남강 수면에서 도시 전경으로 드론 샷.

'어른 김장하(A man who heals the city)' 타이틀 삽입.

프리젠터 김주완 #2

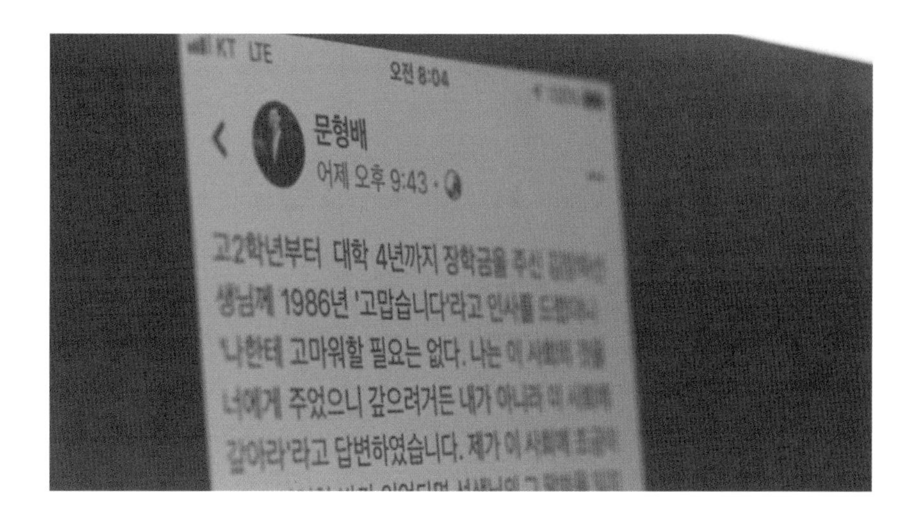

문형배 김장하 장학생(1981-1986) 헌법재판관

PD 김장하라는 사람을 취재를 하려고 91년도에도 시도를 하셨네요?

김주완 시도를 하다가 본인이 최대 후원자로 있는 진주신문 인터뷰도 안 한다는 말을 듣고 포기를 했죠.

PD 그런데 이번에는 취재를 시작하셨어요?

김주완 네.

PD 20년 넘었죠, 지금. 30년 가까이 지났죠.

김주완 그렇죠. 30년 됐죠.

서재 녹음기, 김주완의 젊은 시절 사진.

김주완 91년도에 마산에 있는 〈경남매일〉이라는 신문에 공채로 들어갔어요.

김주완 세월이 금방 간다. 이게 시티폰이에요. 이게 이제 젊을 때 저죠. 삐삐 알아요? 삐삐. 여기 삐삐 차고 있네. 저 때까지만 해도 얼굴에 여드름이 있다.

자료, 90년대 진주 도심 차량들.

김주완 그 당시 분위기로는 외근 취재 기자들은 누구나 너도나도 다 차를 사는 분위기였거든요. 도저히 타산이 안 나오는 거예요. 그 월급에 차를 사는 순간 촌지의 노예가 되는 거죠. 적어도 부정한 돈을 받아 생활하는 그런 기자는 되어서는 안 되겠다.

자료 속 사진들 보여 준다.

김주완 87년 6월 항쟁 당시에 마산역 앞에 전경들. 그리고 이거는 마산어시장 앞에 경찰차, 불탄 것. 사람들이 불태워 버렸거든요, 이걸. 그 당시 경남정대협 (정신대문제대책협의회) 앨범이에요, 이게. 중국의 일본군 위안부 할머니들 찾아가 취재해서 우리나라에 귀국시켰던. 그 외에도 민간인 학살… 민간인 학살 유족회, 부마민주항쟁… 이게 우리 지역의 역사가 되니까. 이런 기록을 바탕으로 역사를 써야 되는 거잖아요. 사람들의 기억은 한계가 있으니까 기억은 세월이 지나면 자기한테 유리한 기억만 남고 불리한 기억은 다 사라져 버리거든요.

지하철 타는 김주완.

김주완 제가 젊은 시절에는 좀 투쟁적이고 호전적이고 가진 자에 대한 좀… 반감이 컸던 그런 기자였던 것 같아요. 그래서 지금까지 묻혀 있던 기득권자들의 어떤 악행을 발굴해서 보도하는 그런 쪽에 역점을 두고 살아왔는데. 물론 뭐, 그런 과정에서 어느 정도 성과가 없었다고 할 수는 없지만. 그래도 꿈쩍도 안 하고 바뀌지 않는, 그리고 한 세대가 지나가면 또 다른 새로운 어떤 토호 세력이 출몰하고 이런 과정에서 좀 일종의 회의? 좌절감? 이런 것도 느껴지더라고요.

서점에서 채현국 책 뒤적여 보는 김주완.

기록자 김주완.

김주완 그런 과정에서 채현국 선생님 같은 분을 만나고, 생애사를 취재해서 보도를 하고. 그런 기사가 사람들한테 환영을 받고 또 채현국 선생님의 어떤 선한 영향력이 사람들한테 이렇게 확산되는 과정을 보면서 일종의 효능감을 느꼈다고 할까? 기자로서 또는 글 쓰는 사람으로서. 그래서 나쁜 사람을 찾아내서 고발하는 그런 것도 기자의 중요한 역할이긴 하지만 또 좋은 분을 찾아내서 널리 알리는 이것도 좀 더 나은 세상을 만드는 데 유용한 방법일 수도 있겠다.

문형배의 글.

김주완 이거는 뭐지?

2019.04.09. 국회 법제사법위원회.

자신의 헌법재판관 후보자 인사청문회에서 모두발언 하는 문형배.

문형배 저는 1965년 경남 하동군에서 가난한 농부의 3남 1녀 중 장남으로 태어났습니다. 고등학교 2학년 때는 독지가인 김장하 선생님을 만나 대학교 4학년까지 장학금을 받을 수 있었습니다. 김장하 선생은 한약업사로서 번 돈으로 명신고등학교를 건립하여 경상남도에 기증하였고, 수백 명의 학생에게 장학금을 지급하였으며 제가 사법시험에 합격하고 인사하러 간 자리에서 "내게 고마워할 필요는 없다. 나는 이 사회의 것을 너에게 주었으니, 갚으려거든 내가 아니라 이 사회에 갚아라." 하신 선생의 말씀을 한시도 잊은 적이 없습니다.

김장하 과거 사진이 실린 명신고 국가 헌납 기사.

김주완 처음에 고등학교를 국가에 헌납한다고 할 때는 그냥 '돈 많은 사람이 좋은 일 하는구나.' 그런 정도로 크게 감흥이 있진 않았어요. 그런데 인터뷰를 추진하는 과정에서 이분이 그렇게 돈이 많은 사람인데도 불구하고, 승용차를 가지지 않은 분이라는 그 사실이 저한테는 굉장히 인상적이었고.

다리 걸어가는 김장하.

김주완 이분은 절대 인터뷰를 안 하는 분이다. 단 한 번도 어느 대중매체와 인터뷰를 해 본 적이 없는 그런 분은 굉장히 드물잖아요. 도대체 어떤 분이길래 그리고 왜, 어떻게 저렇게 살아올 수 있었을까? 그래서 더 호기심이 일어서 시도를 하게 된 거죠.

진주가을문예 마지막 시상식

#3

진주가을문예 마지막 시상식에 참석한 김장하.

큰북 소리가 들린다.

극단 '현장' 지하 행사장.

윤성효 진주가을문예는 김장하 이사장님께서 1994년에 기금 1억 5천만 원을 마련해서 옛 〈진주신문사〉에 기탁하면서 시작되었습니다.

마지막 시상식.

처음 정면 얼굴 보이는 김장하.

윤성효 시 당선자에게는 상금 500만 원과 소설 당선자에게는 상금 천만 원이…

행사 마치고 질문하는 김주완과 대답 없이 걸어가는 김장하.

김주완 선생님, 아까 카메라 앞에서 말씀하려고 하니 아무래도 좀 어색하셨죠?

김주완 약방에 인사드리러 갔더니 선생님 나가셨다고… 그래서 여기 오니 벌써 와 계시더라고요. (헛기침)

김주완 김장하 선생이 인터뷰를 안 하는 분이기 때문에 인터뷰를 하지 않는 분…을 어떻게 취재해야 되지?

경남문화예술회관 대극장에서 서성이는 김주완.

서재에 앉아 어딘가로 전화를 걸고 담배를 피우며 고민에 빠진다.

안개 낀 진주시.

남성문화재단 해산 및 경상국립대 기증식

#4

남강 위 유등.

경상국립대 강당 앞에서 대화하는 김주완과 이우기.

김주완 김장하 선생님이 원래 이 수증증서 전달식…

이우기 안 하려 했죠. 안 하려고 하실 분이죠, 당연히. 그죠? 김장하 이사장님 원래 이렇게 나서거나 이렇게 크게 하는 걸 좀 사양하시는 분이라서. (그래도) 그 정도까지도 안 하는 건 서로 예의가 아닌 것 같아서.

김주완 그렇지.

이우기 최대한 예의를 갖추되 소박하게.

김주완 혹시 승용차를 보냈나?

이우기 지금 총장님이 직접 모시러 가셨습니다.

김주완 직접? (웃음)

이우기 총장님 1호차 타고 직접 가셨습니다.

김주완 그러면 할 수 없이 그 차 타고 와야 되겠네.

총장 차 타고 등장하는 김장하.

수증증서 전달.

사회자 하나, 둘, 셋.

식당 안 김장하 훔쳐보는 김주완.

식당에서 대화하는 김장하.

은근슬쩍 테이블에 앉아 훔쳐보는 김주완.

무작정 남성당에 찾아가다

#5

진주시외버스터미널 부감.

시외버스 타고 나타난 김주완.

남성당 외관.

남성당 내부. 전화벨이 울린다.

전화 받는 김장하.

김장하 여보세요? 여보세요? 예.

한약 지어가는 손님.

남성당 걸어 들어가는 김주완.

김주완 선생님한테 가서 인터뷰 요청을 하면 절대 안 되니까, 그냥 계속 찾아가서 인사드리고 얼굴을 익히고 그래서 접점을 만들다 보면 방법이 나올 것이다, 이렇게 이야기들 해서 그때부터 이제 무턱대고 선생님을 막 찾아갔죠.

진료실의 김장하와 만나는 김주완.

악수하고 어색하게 마주 앉았다.

김주완 안녕하십니까?

대화하다 말고 환자 전화 받는 김장하.

김주완 그… 선생님이 넷째…

(전화벨)

김주완 넷째 아들이라고 하셨지요?

(계속 울리는 전화벨)

김장하 여보세요? 예. 예. 어디가 아파요? 집이 어딥니까? 예. 세종시… 갈매로…

칭찬하는 질문에는 묵묵부답인 김장하.

머쓱해하는 김주완.

(전화기 내려놓는 소리)

김주완 (명신고등)학교 선생님들에게 여기서 보약을 막 지어 주고 하신 적 있다고 하더라고요.

김장하 사실상 고생을 많이 했거든요.

김주완 돈도 주시고 하셨다고 하더라고요. 매년 그랬다고 하던데…

묵묵부답인 김장하.

김주완 김장하 선생님 인터뷰가 어려운 게 뭐냐면 답변이 결과적으로 본인의 자랑일 수밖에 없는 그런 질문을 제가 던지잖아요? 그러면 그때부터 답변을 안 하고 침묵을 지켜 버리거든요. '장학금을 몇 명에게 줬습니까?' '총금액이 얼마나 들었습니까?' 이런 이야기는 질문을 하면 아예

답변을 안 하시니까 결국 (답변을) 안 하실 건지, 혹시 화를
내시진 않을지, 그 과정에서 속이 막 조마조마한 거죠. (웃음)

남성당 걸어 나오는 김주완.

남성당 건물 전체 외관.

한약방 옆에 나란한 자전거포 간판.

김주완 김장하 선생님이 끝까지 거부를 하시고, 그게 사실로
입증이 되니까 굳이 전통적인 방식의 인터뷰, 그런 걸 하지
않아도 할 수 있는 방법이 있지 않겠느냐.

착한 건물주 김장하

#6

이호봉 남성당 한약방 옆 상가 세입자

자전거포에 들어가 악수하는 김주완.

김주완 사장님. 아, 예, 김주완이라고 합니다. 여기서 언제부터 이 업을 하셨습니까?

이호봉 저는 제 아버지 때부터 했었으니까 제가 물려받은 지는 한 30년 넘었습니다.

김주완 근데 조건이 달라진 게 있습니까?

이호봉 달라진 건 전혀 없습니다. 요번에 코로나 때문에 좀 낮췄지.

김주완 아니, 그래도 세월이 그렇게 흘렀는데 그동안…

이호봉 세 올리고 그런 건 없습니다. 이때까지 한 번도.

김주완 삼십몇 년이 됐는데도.

이호봉 예. 세를 한 번도 안 올렸습니다.

직원 오히려 코로나 할 때,

이호봉 그것도 내렸고. 30 몇 년이 돼도 그때 (세)하고 같이. 알뜰하고. 옷 사 입고 그런 것도 없고. 한 마디로 완전 서민층같이 그리해요.

김주완 어떻게 그렇게…

이호봉 돈이 있는데 왜 그렇지 나도 그건 좀 의문이죠. 너무 서민층같이 하다 보니까.

김주완 돈이 없는 것도 아니고 그쵸.

이호봉 이런 사람은 없다고 봐야 돼요. 법이 없어도 살 사람이고 그렇게 헌신봉사 사회에 하는데 진주에 한 댓 사람만 있으면 땡이라. 한 사람밖에 없으니 좀 불행하지. (웃음)

장학생의 방문 - 권재열

#7

권재열 김장하 장학생(1981-1989) 충남대학교 의과대학 교수
서창길 남성당 한약방 前 직원(1970- 1998)

남성당 진료실 들어서는 낯선 두 남녀.

권재열 (웃음) 항상 좋은 것들이 많이…

PD 약 지으러 오신 게 아닌가 봐요?

권재열 네, 저희 인사드리러 왔어요.

강주경 대학교 때 후원해 주셔 가지고.

권재열 장학금을 주셨던… 학생이었죠.

김장하 지금 충남대 교수로….

PD 선생님 너무 뿌듯하시겠어요.

권재열 저희들이 항상 감사하죠.

강주경 감사하게 생각하고 있습니다.

신발 신고 나서는 김장하와 장학생 부부.

권재열 우리 선생님한테 많은 은혜를 입었죠. 제가 고등학교 때부터 고등학교 3년, 대학교 4년을 장학금을 주셨어요.

카페에 마주 앉아 대화하는 세 사람.

권재열 장학금을 받는 과정도 상당히 재미있어요. 그냥 뵙고 "이번에 얼마 나왔어?" 그러면 이렇게 현금을 세서 주시고. 그러니까 저는 도움을 받는 자였지만 그게 저를 위축시키지 않았고 또 선생님도 전혀 그런 것들에 대해서 티를 내신다든가…. 하여튼… 지금 생각해 봐도 대단하신 분이죠.

서창길 진주고등학교, 대아고등학교 같은 데 장학금을 많이 내고 있었거든요. 각 학년별로 이렇게…. 처음에는 학년별로 이렇게 안 하다가 그게 차츰 늘어나면서 진주고등학교 경우는 한 20~30명까지 했을 거예요.

PD 1년에?

서창길 매년 계속했죠. 계속… 3학년 졸업하고 대학 가면 대학도 또 등록시키고 대학교 등록금 주고 이랬으니까.

명신고등학교 설립과 기증

#8

이호수 명신고등학교 6회 졸업생
곽기영 명신고등학교 1회 졸업생
정삼조 명신고등학교 국어 교사(1984-1991)
이달희 명신고등학교 영어 교사(1986-1993)

시내버스 승차하는 김주완.

명신고 입구 사진 찍는 김주완.

명신고 들어가는 김주완.

이호수 명덕신민(明德新民). 아, 노상 듣는 거죠. 그냥 명덕신민… 명덕신민.

명신고 명덕신민 비석 앞 김주완.

김주완 명덕신민, 창학 정신이라고 할 수 있죠.

교내 곳곳에 있는 명덕신민 문구.

정삼조 명덕신민이 '자기의 착한 본성을 밝혀서 세상을 새롭게 한다'.

축구하는 학생들.

이호수 제가 입학할 때만 해도 상당히 평판이 좋았습니다. 성적이 좋고 서울대나 이런 데 많이 간다고.

곽기영 더 중요한 건 그날 야간 자율학습을 했거든요. 입학식 날, 밤 10시까지 완전히 처음부터 잡아버린 거죠. 정말 놀랐어요.

교정 거니는 김주완.

축구하는 아이들.

김주완 옛날에는 거의 비닐하우스 벌판에다가 그야말로 고등학교만 덜렁 들어선 그런 곳이었는데.

명신고를 걷는 김주완.

축구하는 아이들.

정삼조 개교를 1984년도에 했습니다.

이달희 이사장이 이 학교 설립한 때가 40대 초반이거든요. 40대 초반이고 공립으로 전환한 것이 아마 그때가 아마 48세쯤 되셨지 싶습니다.

정삼조 모든 걸 전폭적으로 지원을… 이사장님께서 아끼지 않으시고 그러면서도 학생들 교육 문제, 학교 일에 대해서는 전적으로 전문가에게 맡기시고.

입학식 때 김장하 사진.

곽기영 입학식 할 때 이사장님이 앉아 계시는데 너무 젊으시고 너무 잘생긴 분이 앉아 계시더라고요. 아휴, 멋있잖아요.

교문 앞 김장하 가슴에 꽃 달아 주는 학생들 사진.

이달희 김장하 이사장은 늘 자전거를 타고 다니셨어요. 자가용 타는 게 아니고 시내에서 여기 학교 올 때도 자전거를 타고 오셨고.

교사 회식 사진 속 이달희.

이달희 자기가 우리한테 낭비하는 모습을 보인 적이 없거든요. 우린 좀 부끄럽죠. 우리가 모의고사 친 날 저녁에 늘 회식을 시켜 줬어요. 그런데 이사장님께서는 절대로 '학부모한테 손을 벌리지 마라' 그렇게 하셨거든요. (회식은) 갈빗집입니다.

PD 돼지갈비?

이달희 소갈비요.

각종 테이프 커팅 사진 속 김장하.

예절실, 명신도서관, 복지회관, 테니스장 등.

테니스장에서 시구하는 김장하.

곽기영 당신은 차도 없으시고 뭐 그렇게 살면서도 선생님이나 학생들에 대한 복지는 끊임없이 해주셨으니까. 그런 마인드로 운영을 하셨으니까 뭔들 안 해주셨겠습니까?

이달희 이사장님께서는 선생님들한테 '네가 어떤 선생님이 돼라' 하는 그런 부탁은 한 번도 한 적이 없습니다. 당신이 원하는 그림을 당신이 마음대로 그리면 된다.

판서하는 정삼조.

정삼조 힘들긴 힘들었어도 대신 즐거운 마음으로 좀 더 사명감이 있지 않았나. '적어도 치사하게 살지는 말아야지' 하는 생각을….

곽기영 고등학교 사진.

곽기영 우리 이사장님이 훌륭한 분이니까. 우린 그 졸업생이니까 그 든든한 백을 가지고 있는 거죠. 그게 돈이 아니고요. 그런 큰 힘이 되는 거죠. 그래서 무슨 일을 하더라도 자신 있게 할 수 있고 떳떳하게 할 수 있고.

사천,
남성당의 시작

#9

서창길 남성당 한약방 前 직원(1970-1998)
김춘하 남성당 한약방 前 직원(1988-2022)
강남선 옛 사천 남성당 한약방 시절 이웃
이용백 경남 한약사협회 회장
박대지 사천 용현면 신기리 前 이장

시외버스터미널에서 표 사는 김주완.

김주완 사천 석거리 하나 주세요.

버스 타고 가는 김주완.

신기마을 드론 샷.

사천 석거리 신기마을 하차.

김주완 수고하세요.

박대지 어르신 되십니까?

박대지 예.

김주완 제가 김주완입니다.

박대지 반갑습니다.

남성당 터 앞에서 이야기.

김주완 63년도에 남성당 한약방이 석거리에 생겼거든요. 그 자리가 어디입니까?

박대지 바로 앞에 보이는 큰 문입니다. 저쪽, 저쪽에. 동그란 표시 돼 있는 거기가 바로 남성당 한약방 들어가는 바로 거기서부터 집이에요, 그 당시에는.

남성당 터 드론 샷.

김주완 그때는 이런 건물은 아니었죠?

박대지 초가집 비슷하게 그랬지요. 그 당시에는 여기가 한창… 70년대 손님이 많을 때는 여기 줄을 섰어요. 번호표를 줘 가지고, 심지어.

김주완 아, 번호표를 줘 가지고.

걸어가며 설명하는 박대지.

김주완 여기가 시장 입구였다고요?

박대지 그렇죠. 여기까지는 개인 땅이고.

빈 상가 앉아서 대화.

김장하, 옛 남성당 사진.

박대지 한약방이 있으므로 해서 많이 번창했지요.

김주완 그런데 그 젊은 사람이 하는 한약방에 왜 그렇게 손님이 많이 왔을까요?

박대지 그게 먹고 나면 효과가 있고 쌌어요.

김주완 싸고 효과가 있으니까.

박대지 소문이, 입소문이라는 게 그게 엄청나거든요.

90년대 기차역 자료.

서창길 새벽 날 새고 첫차 오면 사람들이 벌써 문을 두드렸어요. 문 열어 달라고. 그 정도로, 그 당시만 해도 문전성시였으니까.

남성당 복도에서 김춘하.

김춘하 은행처럼 번호표 기계가 없으니까 번호표를 만들었거든요. 오전에 70명, 오후에 30명인가 50명인가. 색깔로 구분해서 흰 표는 오전, 노란 표는 오후 번호.

90년대 남성당 내외부 및 김장하 자료.

서창길 항상 선생님이 박리다매 이야기를 참 많이 하셨어요.
약값이 굉장히 쌌거든요. 저는 처음에 '약값이 싸니까
약 지으러 많이 오는가?' 그 생각도 제 나름대로 했어요.
했는데, 시간이 흐르고 보니까 먹고 나으니까 오지. 아무리
싸다 해도 안 나으면 뭐 하러 옵니까? 안 오지.

한약업사 허가증.

젊은 김장하 사진.

포마드 머리 한 서창길과 김장하.

서창길 그때는 우리 선생님, 새파란 총각이나 마찬가지였죠. 그냥 젊은 총각이 한 사람 앉아서 환자를 본다는 개념이었어요. 그때 당시에 제 기억에는 선생님이 나이가 좀 든 모습을 하고 싶었던 마음이 좀 있었을 겁니다. 왜냐하면 한약을 하는 분이 저렇게 젊은 분이 없단 말입니다. 선생님이 19살에 개원을 했으니까. 그때 처음에 19살이면 요즘은 애 아닙니까? 애인데… 나이가 조금 들어 보이는 스타일로 머리 스타일도 좀 그랬고….

빈 상가 앉아서 대화.

김주완 아, 저쪽 저기가…

박대지 네, 자기 장인을 남성당 집 앞에다가 집을 하나 사서 모시고 있다가,

김주완 아… 거기도 한번 가 보고 싶다.

옛집 터 앞에서 만난 강남선.

강남선 왜 그러십니까?

박대지 김장하 씨 역사를 알려고 해. 좋은 일 많이 했다고….

강남선 아, 많이 했지. 참 많이 했다.

김주완 김장하 어르신 아십니까?

강남선 응, 우리 옆에 (살았지). 우리 동생같이 지냈어. 김 약국이 우리보다 세 살 작아.

김주완 네 살 적습니다.

강남선 네 살 적나….

김주완 44년생입니다.

옛집 들여다보려고 애쓰는 김주완.

문 열어 주는 강남선.

강남선 잠겨 있어.

김주완 아예 안 보이네.

강남선 아저씨, 우리 집에서 찍으면 안 될까, 우리 옥상?

김주완 네, 그러면 좋지요.

옥상 올라가는 김주완.

옥상에서 옛집 사진 찍는.

강남선 김 약국? 그때 여기 올 때 스무 살 됐을까? 우리가 먼저 이 마을에 살았지, 장하보다. 처음에는 자기 여동생 데리고 와서 참… 촌말로 가스나 머슴아가 와서 살았고.

옛집 전경.

강남선 그때는 참 어렵게 살았구먼. 쑥밥, 고구마밥 해 먹으며 참 어렵게 살았습니다. 우리는 그때는 김장하보다 잘살았지 그랬는데.

박대지 100번 부자지.

옛날 가족사진.

강남선 참 좋은 사람이구먼.

김주완 왜 좋은 사람이라 합니까?

강남선 아이고, 남한테 살게끔 늘 해 줘서. 진주 있을 때만 해도 장하 밑에 살아난 사람이 얼마나 되는지 모를 건데.

옛집에서 대화하는 세 사람.

강남선 돈 빌려 오라고 하면 어디 가서 빌릴 것이고? 김 약국 집밖에 없었지.

박대지 바로 살팍(사립문 밖)에 있으니까 가면 빌리지.

강남선 가서 "성효 아버지, 돈." 하면 돈 주데요. 우리 금고처럼 (돈을) 갖다가 썼지. (웃음)

체육대회 단체 사진.

서창길 또 선생님이 직원들 위해서 배려를 많이 해 줬거든요. 해 줬기 때문에 금전적인 걸 가지고는 전혀 논할 이유도 없고 논하고 싶지도 않게끔 다 해 줬어요. 그때는 우리 직원들이 되게 많았거든요. 식구가 보통 제 기억으로는 최고 많았을 때가 18~20명 정도 됐던 것 같아요.

김주완 다른 한약방보다 여기가 월급도 좀 많았습니까?

서창길 두 배, 세 배 정도는 더 많았을 겁니다. 워낙 후하게 줘 버리니까.

셔터 올리는 김춘하.

이용백 대충 이심전심으로 보면 저보다 한 10배 정도 손님이 많았던 것 같아요. (남성당 한약방) 손님이 너무 많아서 약을 못 지으니까 밀려 가지고 우리 집으로 온 손님도 있고, 그 주위에 다른 한약방에서 지어 가는 손님도 비일비재했습니다. (웃음)

한약 썰고 담는 모습.

이용백 제일 손님이 많았을 때가 800제까지 지었다고, 800명.

PD 한 달에?

이용백 하루에, 800제를 짓는데 새벽 3시까지 작업을 했다고 하거든요. 그럼 800제를 한 제에 5만 원씩 잡아도 10분의 1이 남는다고 보면 1억 아닙니까? 한 달에 1억. 순수 남는 게? 보통 사람들은 한약방에서 어떻게 100억을 벌 수 있을까, 그렇게 생각하는데 그렇게 되겠더라고요. 뭐 다른 방법으로 돈을 번 적은 한 번도 없습니다. 오직 그 약방

운영을 해서 그 많은 수입으로 이 사회에 환원을 했다.

신호등 앞에 선 김장하.

김장하 옛날에는 약값을 기술료라고 해서 엄청 많이 받았거든. 나는 기술료보다는 수가를 줄이겠다.

벚꽃 흩날린다.

걸어오는 김장하 발.

다리 걷는 김장하.

횡단보도 건넌다.

남성당으로 걸어 들어간다.

김장하 내가 돈을 벌었다면 결국 아프고 괴로운 사람들을 상대로 돈을 벌었다. 다른 직업을 선택했더라면 내가 그 돈으로 호의호식할 수 있었고 호화 방탕한 생활을 할 수 있었을 것이다. 그러나 그 소중한 돈을 함부로 쓸 수 없어서 차곡차곡 모아서 사회에 다시 환원하기 위해서 이 일을 시작한 것이었다.

남성당 한약방.

1963년 사천 용현면 신기리에서 개원.

1973년 진주 장대동으로 이전 개원.

1977년 진주 동성동 현 위치로 이전 개원.

〈진주신문〉 #10

故 박노정 前 〈진주신문〉 대표이사
윤성효 〈오마이뉴스〉 기자, 前 〈진주신문〉 기자

자료, 〈진주신문〉 창간 모습.

故 박노정 그동안 부족한 인원과 장비 속에서도 우리 편집위원들께서 노력해 주신 덕분에 소식 제1, 2호가 나오게 되었습니다.

김주완 〈진주신문〉 해산하기 전에 전체 정산을 한 번 했는데 김장하 선생님 돈이 들어간 게 10억 원이 되더라고요. 〈진주신문〉 전체적으로.

윤성효 하여튼 뭐, 지원금을 안 받은 적이 없으니까. 내가 볼 때는 평균 월 천만 원 안팎, 직원들 월급이 한 시도 늦게 지급된 적이 없었고.

자료, 〈진주신문〉 발행 당시 모습.
막창집에서 대화하는 김주완과 윤성효.

김주완 근데 내가 좀 발칙한 생각인지 몰라도 결과적으로 김장하 선생님은 굉장히 선한 의도로 좋은 의도로 10년 동안 했는데 아주 냉정하게 생각해 보면 그것이 오히려 독이 된 것 아닐까. 그만큼 절박함이 덜했던 것일 수도 있잖아. 적자가 나도 김장하 선생님이 맨날 메워 주니까….

윤성효 뭐 그런 면도… 그런 면도 있을 수 있죠. 그런 면도 있을 수 있지만은… 미안하죠. 미안한데 우리 기자들도, 직원들도. 저는 진짜 열심히 했다고 생각하거든요. 심지어 우리끼리 하는 말이지만 독립운동하듯이 지역 신문 운동을 한 것 아닙니까.

김주완 근데 왜 〈진주신문〉이 그렇게 된 거 같아?

윤성효 아니, 열심히 한다고 되는 게 아니잖아요. 신문을 해 봐서 알잖아.

저녁노을.

김주완 윤 기자는 '김장하 선생님에 대한 책을 한 권 써 보겠다' 이런 생각해 본 적 없어?

윤성효 이용백 원장님이 "윤 기자, 했다가는 큰일 날 것 같더라." (웃음) "내가 운을 뗐더니 노발대발하고 일절 못 하게 하시더라." 살아계신 분에 대한 건 사실 조심스러운 부분이 있는 건데.

김주완 근데 지금 내가 그 책을 준비하고 있고. 잘 만들 것 같아?

윤성효 모르죠. 잘하겠죠. 잘해야 하고. 애를 쓰고 있으니까 잘하겠지.

차 없는 기자, 김주완

#11

진주 강변길.

택시 올라타는 김주완.

김주완 안녕하세요. 기사님, 혹시 진주에 '남성당 한약방' 아시나요?

택시 기사 예, 알고 있습니다.

김주완 그분도 차가 없거든요. 아마 진주에서 택시를 가장 많이 타신 분으로 알려져 있거든요. 혹시 태워 보신 적은 없나요?

택시 기사 네, 저는 없습니다.

김주완 기사님 택시 경력이 그렇게 많지 않은가 보죠?

택시 기사 네, 그렇습니다.

김주완 아… 택시 경력이 많은 분들은, 웬만한 분들은 김장하 선생님을 다 한 번씩 태워 봤을 거라고…

택시 내리는 김주완.

김주완 고맙습니다.

결이 다르다 #12

정행길 진주 가정폭력 피해여성 보호 시설 이사장, 前 진주가정폭력상담소장

정행길　　손잡아도 되죠?

언덕 걸어 올라오는 정행길과 악수.

정행길　　네, 반갑습니다. 김장하 이사장님 때문에 오셨죠? 그분이 자기를 알리려고 애 안 쓰시는데 어떻게 이걸 (취재)하시게 됐는지 궁금하더라고요. 시설은 처음 오셨죠?

김주완　　네, 처음 왔습니다. 사실 이 시설이 있는 줄도,

정행길　　모르셨죠?

김주완　　취재하기 전에는 몰랐습니다.

정행길　　그렇죠. 진주 지역 사회에도 안 알려져 있어요.

피난 시설 돌아보는 정행길, 김주완.

진주 가정폭력 피해여성 보호 시설.

가정폭력 피해여성과 동반 자녀에게 일시적인 안식처와 회복프로그램을 지원.

정행길　　한글 교실. 외국인 여성들이 많이 오거든요.

김주완　　아, 요즘 다문화 가정들.

정행길　　네. 다문화 가정이 많은데,

피난 시설 장면 스케치.

정행길　　이 안에 시설이 가구마다 독립 프라이버시를 보장해서 함께

막 섞여 살지 않도록 독립적으로 돼 있습니다, 가구별로.

1999.01.28. 진주가정폭력상담소 개소식.

통영 미륵산 산행 단체 사진 속 정행길과 김장하.

김주완	그때 만났었을 때 좀 인상이 어떻던가요?
정행길	꼭 아주 공부가 많이 된 스님 같은 또는 깊은 호수 같은 그런 느낌이었어요. 그 당시에 한 50대 초반인가, 아마 그 정도 됐을 텐데 그런 남성들 참 드물잖아요. 보통 자기를 나타내려고 하는 경우가 많았는데 뭐라고 말해야 할까, 결이 다르다. 그 당시 제일 처음 시작할 때는 여성 인권? 말도 못 꺼낼 사회 분위기 아닙니까. 그런데 이분은 안 그랬거든요. 설명할 필요가 없어요. 아, 결이 정말 다른 분이구나.

2004. 호주제 폐지 반대 함양 유림 시위.

자료, 함양 유림 시위.

호주제 폐지 반대 시위자들	아이들이 아버지도 모르고 아버지가 아이들도 모르는 가정질서 파괴되고 부자 형제 남이 된다.

시내 캠페인 사진 속 김장하.

정행길	시내에서 캠페인 하는 겁니다. (가정법률상담소 진주지부)

초대 소장님 박재옥 선생님, 그다음에 이제 이사장님이고 그 옆에 저고. 호주제 폐지에 대해서 찬성, 반대 그런 거 이렇게 붙이는 거 안 있습니까. 그런 것도 하고 유인물도 나눠 주고.

식사 자리 두 사람 사진.

정행길 그 당시에 우리(가정법률상담소) 이사회 기금이 1억 정도 됐어요. 제가 김장하 이사장님 찾아갔어요. 이 기금을 활용해서 여성들 피난시설을 좀 만들었으면 좋겠는데… 아, 좋다고, 시설을 하자, 아주 전폭적으로. 그럼 다른 분들이 불평하면 어째…. 아, 절대로 불평 안 하도록 자기가 방패를 쳐줄 테니…, 정말 김장하 이사장님 아니었으면 이 집이 탄생 안 됐을 겁니다.

사진을 함께 뒤적인다.

여러 사진 속 구석 자리의 김장하.

김주완 이 사진에서도 그렇고 또 이 사진에서도 그렇고 여기도 맨 끄트머리에…

정행길 항상 이러세요. 예를 들어서 가운데 자리에 이사장님 자리라고 딱 놔두죠? 사양하세요. 여기서도 제일 끝에 앉으시죠. 그냥 아무 소리 안 하시고 "아유, 나 그런 데 안 간다." 하면서 스스로 구석진 자리에 항상 가세요.

김주완 본인이 돋보이려고 하지 않는다는 거죠.

정행길 하지 않아요. 바로 이런 거예요. 참 잘 지적을 잘하셨는데 제일 끄트머리에 앉아 계시고 자리를 마련해도 안 앉으세요.

남성당의 흰 봉투

#13

고능석 극단 '현장' 대표

극단 '현장' 연습실에서 연습하는 단원들.

지켜보는 고능석 단장.

연습하는 소리.

극단 단원들 들어오소 들어오소 어야라 만세
이 백정 놈의 목부터 쳐라
공평은 사회의 근본이고 애정은 인류의 본량인 겁니다.

고능석 1998년도에 우리가 소극장을 옮기게 되었어요. 그 전
소극장을 무료로 쓰다가.

90년대 극단 '현장' 자료 화면.

고능석 그 자리가 뒤에 알고 봤더니 영안실 자리였다고 그래서
제가 공연장에서 자면 막 가위눌리고… 어쨌든 근데
옮기려는데 전세 비용이 없는 거예요. 그래서 (극단)
어른들이 찾아갔어요. 찾아가 가지고 좀 도와달라고
그랬더니 흔쾌히 그때 돈으로 3천만 원을 도와주셨습니다.

90년대 극단 '현장' 자료 화면.

고능석 공연하는 사람들, 특히 연극인들한테 공연장이라는 건
굉장히 중요합니다. 모일 수 있는 장소거든요. 우리 극단이

내년이면 50주년인데, 이 장소 때문에 100년, 200년 저는 갈 것 같거든요. 그래서 이 장소라는 건 굉장히 중요합니다.

90년대 경상대 동아리방 자료 화면.

고능석 제가 대학 동아리 출신인데요, 극회. 그 당시에는 스폰서를 구하러 다녔죠. 1순위가 남성당이었어요. 선배들이 거기 가면 무조건 해 준다. 찾아가라. 흰 편지봉투 안에 돈을 항상 준비를 해 두신 것 같아요. 하도 찾아가는 사람이 많으니까.

진주 시내에 포스터 붙이는 극단 '현장' 단원들.

고능석 그러니까 거기서 힘을 얻어서 이제 온 시내를 돌아다니죠. 저기 어쩌고저쩌고해서 우리가 연극을 하니까 도와주십쇼.

고능석 극단 '현장' 대표 인터뷰

고능석 하고 다니는 거죠. 근데 힘도 주신 것 같아요. 니네들이 하는 일이 되게 중요한 일이다.

한 덩이 큰 빙하 같은

#14

김석봉 진주환경운동연합 前 대표

지리산 시골길 달리는 버스.

마을에 멈추는 버스.

버스에서 내리는 김주완.

함양에 도착.

김석봉 집에 걸어 올라가는 김주완.

김주완 한 오륙 년 된 것 같네요. 김석봉 형이 예전에 진주에 있을 때 '진주청년문학회'라는 단체를 함께 했고, 인상도 약간 험악하게 생긴 분이 나중에 알고 보니까 시를 쓴다고 하시더라고요.

김석봉 집에 들어가는 김주완.

김주완 형님.

김주완을 맞이하는 김석봉.

김석봉 어유 오랜만이네.

김주완 얼굴 좋네요.

김석봉 나는 얼굴 좋아야지. 얼굴 좋으려고 촌에 사는데. 들어와.

대화하는 두 사람.

김주완 얘가 꽃분이예요?

김석봉 응. 얘 이름이 꽃분이, (얘는) 곰이.

김주완 호미?

김석봉 곰.

김주완 홈.

김석봉 곰, 곰.

사진을 가져오는 김석봉.

김석봉 일단 나한테 귀한 사진이 한 장 있어. 한 번 갖고 와 볼게.

대화하는 두 사람.

2000.08.30. 지리산 살리기 국민행동 창립식 사진.

김석봉 맨 오른쪽에 계시는데 영남권 대표로 되시면서 창립을 하던 날이었어. 그때 내가 모시고 갔는데 평일 날 한약방 문을 닫기는 처음이었어.

김주완 아, 이 날이…

김석봉 어, 한약방 문을 닫기는 처음이었대.

김주완 그러면 선생님한테 그 당시에 영남 대표를 맡아달라고 하니까 흔쾌히 선생님이?

김석봉 어. 하셨지. 만약에 처음부터 '난 그거 안 맡을래'라고 하시면 그걸 번복하실 분이 아니야.

자료, 산청양수발전소 커팅식.

자료, 댐 건설 반대 시위.

2002.07.11. 지리산 양수댐 반대 침묵시위

기자 지난 95년 공사를 시작한 산청양수발전소가 지리산 계곡을 막아 댐을 만들었다는 점에서 환경 파괴 논란이 계속될 것으로 보입니다.

김석봉 사후 환경 영향 평가를 매년 민관이 공동으로 실시할 수 있도록…

자료, 환경운동연합.

김석봉 90년도에 '남강을 지키는 시민의 모임'이 창립이 되고 1990년 그때부터 김장하 선생님이 고문이셨어, 고문.

김주완 아, '남강을 지키는 시민의 모임' 할 때부터 고문?

김석봉 응, 고문. 후원의 밤을 한다든가 하면 꼭 티켓 들고 찾아가는 게 내 일이었지. 그리고 매년 한꺼번에 회비를 주셔. 1년 치 회비를.

김주완 만 원씩 자동 이체 이런 거 안 하고?

김석봉 안 하고.

턱 괴고 누운 강아지.

마당에 나가 앉은 두 사람.

대화하는 두 사람.

김석봉 새해 되면 무조건 세배를 갔지. 구정 때. 임원들 모여서.

김주완 환경운동연합 임원들?

김석봉 응, 환경운동연합 임원들 모여서 세배하면 무조건 한 사람 앞에 만 원씩. 세뱃돈을 만 원씩. 다 만 원씩 받은 것 가지고 나와서 밥 사 먹었지. 큰 한 덩이 빙하 같은. 깨끗한 빙하 같은, 많은 것을 속에 감추어 놓고 있으면서…

달콤쌉싸름한 취재 #15

는 서재가 있었다. 또 '로타리 클럽' (다양

이사장: 동기라면 먼저 두가지로 나누어 볼

남강, 대나무 숲.

대나무 숲 걷는 김주완.

김주완 제가 생각했던 것 이상으로 훨씬 더 폭넓은 분야에 다양하게 참여를 하시고 도움도 주시고 이랬다는 걸 그때그때 확인하면서 새삼 또 놀라게 됐죠.

남강변 대숲에서 영상 편집하는 김주완.

핸드폰으로 영상 편집 중 편집한 영상 보여 주며 자랑.

차 따라 주는 김장하.

PD 이게 아까 편집한 거예요?

김주완 네. 이 응접실의 의자 이거 하고 88년 학생 기자하고 인터뷰할 때 똑같잖아요.

PD 네.

김주완 아, 잠깐만. 자세히 보면 이 방석도 같은 것 같다? 방석도 같죠?

엊그제 누군가가 물었어요. 선생님, 그 찻잔을 그 옛날에 쓰던 걸 안 바꾸고 계속 그거 쓰시는 이유가 있습니까? 이렇게 물었어요. 근데 선생님이 뭐라고 대답했게요?

PD 깨진 것도 아닌데?

김주완 그렇지, 안 깨지데? 안 깨지니까 계속 쓰는 거지, 뭐.

작은 시민

#16

김경현 행정안전부 과거사관련업무지 원단 전문위원
임헌영 민족문제연구소 소장

구름이 피어오르는 하늘.

묘소까지 걸어가는 김주완.

형평운동가 강상호 묘소 표지판 촬영하는 김주완.

자료, 고유제 지내는 사진.

김주완과 김경현의 통화.

김경현 아, 예. 예.

김주완 예, 접니다.

김경현 예 예.

김주완 혹시 예전에 강상호 선생 묘소에 정갑선 씨하고 고유제를 지내드리고 비석을 하나 세운 적이 있습니까?

김경현 있는데 그 사실을 어디서 듣고 또 이렇게 취재를. (웃음)

김주완 허허허허.

통화 끝.

강상호 선생 묘소 오르는 김주완.

김주완 처음에는 이런 석물도 아무것도 없었고, 상석도 없었고 그야말로 이 묘가 누구 묘인지도 알아볼 수 없는 그런 식으로 방치되어 있었는데 진주에 역사를 연구하는 김경현 씨가 《(김경현의)진주이야기 100선》이라는 책을 통해서 알렸던 거죠.

강상호 선생 묘석을 보며 이야기하는 김주완.

강상호 선생 묘석.

김주완 그때 한 시민이 그걸 보고 성금을 김경현 씨한테 보내 줬다고 하더라고요. 그 성금을 준 한 시민이 누굴까?

자료, 과거 강상호 선생 묘 주변 풍경.

김주완 여기 뒤에 보면 '모진 풍진의 세월이 계속될수록 더욱 그리워지는 선생님이십니다' 해 가지고 이 비를 세운 주체가 그냥 아무런 이름 없이 '작은 시민이' 되어 있거든요. 네, 뭔가 느낌이 김장하 선생님일 것 같다.

달리는 기차.

다시 김주완과 김경현의 통화.

김경현 그거 도대체 누구한테 듣고 지금 나한테 확인하고 계신지 모르겠지만 누구한테 들었어요? 그 이야기를 좀 해 보세요. 잘못된 이야기가 나갈 수가 있고 그런데.

기차 타고 가는 김주완.

휴대폰 들고 있는 손.

김경현 비석 비용은 김장하 선생님이 내셨어요. 근데 김장하 선생님이 나한테 주시면서 약조를 했어요. '절대 내가 한 게

아니다.'

김주완 절대 이야기하지 마라?

김경현 근데 그런 이야기가 나돌고 다니네.

김주완 아니, 나돌고 다니는 건 아니고 제 나름대로 추측한 거죠. '이거 분명히 김장하 선생님인 것 같다'라는 느낌이 들었어요.

김경현 그래요? 역시 기자 후각은 아직도 살아계시네요.

통화 끝.

터널 통과하는 기차.

세종시 건축물 찍는 김주완.

세종 도착.

김주완 저건 아파트인 것 같은데. 완전 뭐 여기는 일종의 실험적 건축물의 경연장 같네.

김주완을 반갑게 맞는 김경현.

김경현 더운데 왜 밖에… 오랜만입니다.

대화하는 두 사람.

김경현 사실 김장하 선생님이 결벽증이 있을 정도로 자기 자신의 선행을 알리려고 하거나 하는 걸 싫어하시거든요.

김주완 본인을 드러내는 걸 싫어하시지.

김경현 그래서 강상호 선생님 묘비 세운 것에 대해서 내가 김장하 선생님이란 말을 해야 되나 말아야 되나 하다가 결국은 역사 기록 측면에서 해야 된다. 왜냐하면 이게 시간이 지나면 또 이걸 가로채려고 하는 그런 사람이 나타나거든요. 결과적으로 이걸 정리할 필요성이 있겠다 싶어서 밝히게 된 겁니다.

자료, 〈일제강점기 인명록〉.

대화하는 김주완.

김주완 일제 시대 때 관·공리를 지냈던 사람들 삼천 수백 명을 조사해서 〈일제강점기 인명록〉이라는 책을 출간했을 때…

자료, 〈일제강점기 인명록〉 출판 기념회.

임헌영 이렇게 철저히 한 군을 대상으로 해서 완전히 모든 자료를 섭렵해서 만든 이런 작업은 하나도 없습니다. 있습니까? 대보세요. 없어요.

자료, 〈일제강점기 인명록〉 출판 기념회, 기념회에 참석한 김장하.

김경현 어느 날 박노정 선생님께서 저를 부르시더니만 금일봉 봉투를 내놓으시면서 "그냥 넘어가면 안 된다. 격식을 갖춰서 해야 된다. 보태 써라. 김장하 선생님이 주신 거다." 이렇게 말씀하시는 거예요.

자료, 〈일제강점기 인명록〉 출판 기념회에 참석한 김장하.

김장하 사실 아무런 예고도 없이 이렇게 불러내니 저도 얼떨떨합니다. 사실 김경현 씨가 이번에 이런 책을 만들게 되었다는 것은 어찌 보면 저는 진주 정신의 한 차원이라고 생각하고 있습니다. 아무나 할 수 없는 일이거든요.

일하는 장면.

김경현 김장하 선생님은 저보고 한 번도 "친일 문제에 대해 한번 해 봐라." 이런 말을 하신 적이 없습니다. 근데 제가 그 길을 자청해서 나간 겁니다. 자청해서 나간 것은 김장하 선생님이 쭉 해오셨던 여러 가지 일들, 강상호 선생님 묘비를 제가 세우게 됐을 때 김장하 선생님이 보여 주셨던 그런 모습들, 이런 모습들이 전부 다 감동스러운 모습이고. 이게 저한테 긍정적인 반응으로 작용했지 않느냐.

형평운동기념사업회 #17

이곤정 형평운동기념사업회 이사장

진주성 야외공연장 연극 공연 관람하는 김장하.

수무바다 흰고 무래. 극단 '현장'.

1923년 진주에서 일어난 형평운동을 소재로 한 연극.

극단 단원들 들어오소 들어오소 어야라 만세 내가 사람이가
내는 소만도 못한 백정 아이가 차라리 소였으면 좋겠다
이야아아아 흐아!
공평은 사회의 근본이고 애정은 인류의 본량인 겁니다.
이야아아아~

(박수 소리)

기념식 현장에 도착한 김장하와 인사.

관계자 아이고, 선생님 잘 계셨습니까?

형평기념탑.

99주년 기념식장에 도착한 김장하.

김장하 사진 찍는 김주완.

사회자 지금부터 형평운동 99주년 기념일 행사를 시작하도록
하겠습니다. 형평사 주지, 공평은 사회의 근본이요 애정은
인류의 본량이라. 그러므로 아등은 계급을 타파하며 모욕적
칭호를 폐지하며…

여서재에서 인터뷰하는 이곤정.

이곤정 우리 형평기념사업회 백그라운드는 사실은 김장하 선생님입니다. 모든 부분에서 70주년 때 (형평운동기념사업회) 처음 발족할 때부터 해 가지고 또 기념탑 세울 때 그 과정도… 선생님이 형평운동에 대해서 굉장히 애정을 많이 갖고 계시다는 걸 많이 느꼈어요, 할 때마다….

1992.07.16. 〈촉석광장〉 인터뷰 자료 화면.

아나운서 안녕하십니까, 반갑습니다. 먼저 형평운동 70주년 기념사업회란 어떤 것인지부터 설명을 해 주시겠습니까?

김장하 네, 그러죠. 형평운동이란 일단 평등운동을 말합니다. 즉, 백정들의 신분을 철폐하고자 하는 그런 인권 운동이었습니다.

자막, 김장하 형평운동기념사업회 초대 이사장.

김장하 70년 전에 이 형평운동이 일어났던 그 시점과 70년이 지난 오늘에 와서도 사실 평등한 삶을 사느냐고 보면 꼭 그렇지만은 않습니다.

1996.05.03. 〈TV매거진 8〉 자료 화면.

김장하 가진 자와 못 가진 자의 차별이라든지, 또 남녀 차별도 아직 현존하고 있습니다. 그리고 지역 간의 차별도 노인 문제, 장애인의 차별도 역시 현존하고 있습니다.

99주년 기념식 후 김장하에게 인터뷰 시도하는 김주완.

김주완 92년도에 김장하 선생님이 발의해서 기념사업회를 만들었다고 했잖습니까? 벌써 30년이 지났는데 내년에 100주년을 앞두고 있고 혹시 소회가 어떠신지요?

김장하 글쎄… 70주년 기념식을 할 때 '새로운 차별을 없애자' 이런 쪽으로 추진했었는데 30년이 지난 오늘 와서 그 차별은 별로 없어지지도 않고 그대로 유지되는 것 같아 안타깝습니다. 100주년을 내년에 또 앞두고 있는데 100주년을 기념하면서 새로운 차별을 없애는 방법을 공부하고 발표를 하도록 하겠습니다.

김주완 아, 예 알겠습니다. 식사하러 가시지요.

나란히 걸어가는 두 사람 뒷모습.

김주완 야구를 좋아하신다고예? 야구 보는 걸 좋아하시는…

김장하 구기 경기 중에서도 야구가 젤 재밌어요.

김주완 아, 예.

무주상보시 #18

최관경 사천 정동초등학교 동창 부산교육대학교 교육학과 명예 교수

나란히 걸어가는 두 사람 뒷모습.

최관경 그렇게 사람을 차별하지 않고 한결같이 사람을 존중하는 마음 그게 진짜 교육자지, 진짜 교육자지.

최관경 인터뷰.

최관경 내가 그 친구를 볼 때 단점 없는 것이 단점이라. 난 걔를 따라갈 수 없지. 장하는 절대로 화를 내지 않고 절대로 남을 비난하지 않고. 항상 나는 너한테 부끄럽지 않은 친구가 되겠다는 이 생각밖에 없지.

보리밭 위를 날아다니는 나비.

최관경 불교에서 보면, 무주상보시라는 게 있습니다. 무주상보시.

김주완 무주상보시.

최관경 준다는 생각도 없이, 주었다는 기억도 없이 반대급부도 바라지 않고 이것이 배어 있는 사람. 얘는 그냥 무주상보시가 완전히 배어 있는 거예요, 배어 있어.

노무현과 김장하

#19

김성진 2002년 대선 당시 노무현 후보 보좌역
하봉배 남성당 한약방 직원

자료, 2002. 노무현 진주 유세.

유세자들 오 필승 노무현~ 오 필승 노무현~

기자 민주당 노무현 후보가 진주에서 표몰이에 나섰습니다. 진양호 일대에서 펼쳐진 진주마라톤 대회에 참여한 노 후보는 시민들과 함께 달리며 지지를 호소했습니다.

김성진 이분이 약속을 정하면 피하실 거고, 만나자고 해도 나오시지 않을 거니까 좀 기습적으로…

김성진 인터뷰 장면.

김성진 쳐들어가는 방식으로 가자고 하니까 오케이, 그러자고 하셔서 남성당 한약방으로 그날 자리에 계시다는 걸 알고 그냥 들이닥쳤죠. 피할 수 없도록. 노무현이라는 사람이 쑥 들어가니까 저쪽에서도 '이게 뭔 일이지?'

남성당 약제실에서 하봉배.

하봉배 문을 열고 들어오면서 '아, 여기 주인장 계실까요?' 하면서 주인장을 찾는 거예요.
그래서 딱 나가니까 어! 아는 사람이라.

진료실에서 전화 받고 있는 김장하.

김성진 그분도 역시 참 대단한 분이시라는 게, 별다른 말씀에 사족을 안 달고 '기왕 오셨으니까 앉으시죠.' '차나 한잔하고 가시죠.'

김성진 인터뷰 장면.

김성진 흔히 말하는 뭐, 놀람이나 호들갑 이런 게 전혀 없었습니다.

남성당 약제실에서 하봉배.
다방 커피 타는 모습.

하봉배 그런데 원장님도 우리 있는 그대로 '차는 뭐 드실랍니까?' 노무현 대통령이 '뭐, 되는대로 주십시오.' 했더니 다방 커피를 시킨 거예요. 커피를 갖고 딱 들어가서 보니까 아는 사람이 있어서 어? 놀래 가지고…

남성당 응접실.

김성진 평소에 노무현 대통령이 대화를 하면, 자기의 의견이나 대화의 주도권을 잡으면 그분이 한 2~30분 정도 그냥 쭉 갑니다.

김성진 인터뷰 장면.

김성진 그날따라 아주 좀 뭐 수줍어한다 해야 되나? 좀 다소곳하고 좀 착한 모습이랄까? 그날 처음 봤습니다.

자료, 청와대, 보좌관과 걷는 노무현.

김성진 약속을 마치고 갈 때도 '아, 성진 씨, 진짜 좋은 사람 만났다. 사람을 만나러 가면 항상 가르치고 훈수 두고 잘난 체하고 장광설을 늘어놓는 사람이 대부분인데. 너무 좋은 분을 만난 것 같다. 참 좋았다.'

자료, 16대 대통령 취임식.

김성진 인터뷰 장면.

김성진 대통령 당선되고 나서 기억에 김장하 선생님을 모셔서 식사를 한번 하고 싶다는… 예상했지만 당연히 한 방에 사양을 하셨습니다. 뭐, '나랏일 얼마나 바쁘고 많냐? 나 같은 사람 안 만나도 된다. 뜻은 고맙다고 전해달라.' 한 방에 거절당했죠.

진료실에서 전화 받고 내려놓는 김장하.

응접실의 김장하.

PD	선생님 여기 응접실이… 손님 오면 여기 앉는 거예요? 제일 기억에 남는 사람?
김장하	그래, 노무현 대통령하고 문재인 대통령. 내가 잘 나가지 않으니까 그 사람들이 찾아오게 되지.
PD	근데 선생님은 왜 정치 안 하셨어요?
김장하	정치가 마음에 안 들어. 도저히 마음에 안 들어. 좀 반골 기질이 있어서.
PD	그러면 선생님은 만약에 자유롭게 기회가 주어졌다면 어떤 삶을 살고 싶으셨어요?
김장하	대학 교수쯤?
PD	되게 어울렸을 것 같아요. 선생님이 되고 싶으셨던 거예요?
김장하	네.

빈집 털이

#20

어딘가로 전화하는 김장하.

사모님이 전화를 받는다.

최송두	여보세요?
김장하	아, 점심 먹고 들어갈게.
최송두	아, 다 차려 놨는데. 네, 알았습니다.

외출 위해 겉옷 입는 김장하.

뭔가 불편해 보이자 도와주는 PD. 낡은 옷에 속상함.

PD	여기 뭐 걸린 것 같은데요? 그죠?
김장하	옷이 낡아서. 내가 벗어 볼게.
PD	네네. 단추에 걸렸어요. 아니, 선생님, 이렇게 될 때까지 입으시면! 안에 속지가 다 해졌어요. (웃음)

점심시간에 바로 옆 비빔밥집으로 이동하는 김장하.

남성당 한약방을 찾은 김주완.

김주완	미대로 진학한 장학생이 그려서 갖고 왔다고.

빈 한약방을 사진 찍으며 살펴보는 김주완.

김주완	학업 성적이 전체 석차 15%에 해당하지만 가정 형편이

곤란하여 대학 진학이 어려운 학생. 선발 장학생은 졸업 후 의무나 보상은 없습니다. (웃음)
진짜 포토샵 배우려고 했던 게 사실이네. 아니, 컴퓨터 학원에 3개월 가서 컴퓨터를 배웠다고 하시더라고요.

돌아오는 김장하.

외압

#21

이달희 명신고등학교 영어 교사(1986-1993)

남성당에서 마주 앉아 대화하는 김장하와 김주완.

김주완 명신고등학교 당시 설립 이후에 교사 채용 청탁이 많았지요?

김장하 많았습니다.

김주완 그걸 어떻게 다 물리쳤습니까?

김장하 세 가지 조건을 내가 걸었거든. 내 친척은 한 사람도 안 쓰겠다, 돈을 받고는 한 사람도 채용하지 않겠다, 그리고 권력에 굽히지 않겠다. 그 세 가지가 해결되면 교사들은 옳은 교사 뽑을 수 있잖아요.

이달희 인터뷰 장면.

이달희 국회의원이 이사장을 만난 자리에서 그 이야기를 한 거예요. 명신고등학교에 가게 됐는데 확실하게 잘해 주라고. 그래서 이사장께서 바로 그다음 날 그 선생님 채용은 무효로 해라. 무효로 해라. 외부에서 그런 부탁받는 것은 이사장께서 굉장히 싫어하시거든요.

남성당에서 마주 앉아 대화하는 김장하와 김주완.

김장하 탈락시켰더니 난리가 난 거예요. 김장하가 뭐 때문에 이렇게 빼기고 있는데? 왜 이리 까불어? 며칠 있으니까 교육부에서 감사가 내려왔어요. 거기서 이 잡듯이 잡는 거지요. 그리 나오면 나는 쉬워요. 왜냐하면 잘못한 게 없거든. 잘못을 저지른 게 없다고. 제일 내가 이 험한 세상을 살아오면서 힘이 되었던 것은 비교적 깨끗하게 살아왔다는 거, 그게 하나의 큰 힘이 된 거죠.

자료, 이사장실에 앉아 있는 김장하.

돈이 많은 사람이 아니라 뜻이 있는 사람

#22

1991년 6월 7일 金요일(음 4월 25일 戊申)

명문私學 명신高 국가헌납

晋州 남성학숙 資産규모 1백억대…이례적

기부채납 절차 教育

빠르면 2학기부터

◇국가에 헌납한 진주 명문私學 明新고등학교 전경.

허기도 명신고등학교 생물 교사(1986-1991), 前 산청군수

이달희 명신고등학교 영어 교사(1986-1993)

전교조 조합원들 가자~ 교원노조의 깃발을~

자료, 한국교직원노동조합 결성식.

앵커 검찰이 집행부 간부들을 구속한 데에도 불구하고 전국교직원노동조합의 하부 조직이 잇달아 결성되고 있습니다.

자료, 교실에서 끌려 나가는 교사와 우는 학생.

앵커 문교 당국이 교사들의 노조 활동 금지라는 현행 법률 조항을 내세워 전국의 공사립학교 교사 천 500여 명을 파면, 해임 또는 직권 면직시킴으로써 6공화국 출범 이후 최대의 해직 사태가 빚어졌습니다.

전교조 조합원들 말리지 말란 말이야, 말리지 마라. (비명 소리)

남성당에서 마주 앉아 대화하는 김장하와 김주완.

김주완 전교조 조합원을 해직하라는 압력이 많았을 거 아닙니까?

김장하 그것도 참…

1989.07.22. 한겨레 신문 하단 광고.

전교조 명단.

김장하 한겨레 신문에다 (전교조) 명단을 실었어요.

김주완 (명신고등학교가) 제일 많았지요?

김장하 예, 되게 많았어요.

남성당에서 마주 앉아 대화하는 김장하와 김주완.

김장하 그러니까 발칵 뒤집어진 거라. 도교육 감독하는 도교육청에서는 공문이 내려와서 '해임하고 결과 보고해라'.

허기도 인터뷰 장면.

김주완 1989년도에 이제 전교조 문제가 생겼잖아요. 명신고등학교도 그 당시에 재단하고 교사들 하고 사이가 안 좋거나 대립을 하거나 그런 게 있었나요?

허기도 그런 건 전혀 없었어요. 탄압하거나 반대하거나 한 적이 한 번도 없고, 한 번도 없고. 전해 듣기로는 (김장하 이사장은) '그 정신은 옳다' 그러나 나중에 아이들에게 닥쳐올… 이런 걸 생각할 때 참 답답하셨겠죠. 그래서 내가 그때 '야… 이걸 어떻게 해결을 해야 될까'.

남성당에서 마주 앉아 대화하는 김장하와 김주완.

김장하 그래서 내가 그랬어. 난 한 명도 해임시킬 수 없다, 나는 무조건 한 명도 해임 안 시킨다. 그리고 며칠 버텼지요. 그러니 입장이 난처해지지. 그냥 넘어갈 사태는 아니거든요.

자료, 명신고 국가 헌납 신문.

허기도 인터뷰 장면.

김주완 그 당시에 일각에서 결국 전교조 때문에,

허기도 아닙니다, 아닙니다.

김주완 국가에 헌납한 게 아니냐, 뭐 이런 이야기도…

허기도 아, 그건 절대 아닙니다. 내가 제일 억울한 것이 전교조에 시달려서 학교를 내버렸다? 그건 정말 억울한 이야기입니다. 그렇지 않다면 식당이라든지 도서관이라든지 (헌납하기 전) 마지막에 거의 다 증축을 다 했거든요. 그러면 어떤 계산적이거나 약삭빠르거나 아니면 또 정부에 대한 항의이거나 이런 것 같으면 그런 거 안 했죠. 마지막에… 마지막에 사업은 안 했죠.

김주완 체육관, 청운관하고 도서관하고.

허기도 예. 예. 바로 그때 건립을 한 겁니다.

이달희 인터뷰 장면.

기공식 사진 3장.

이달희 우리는 대충 기억하고 있었던 게 이사장께서는 원래 83년 7월 2일 날 기공식을 할 때 그 자리에서 이사장님께서 선언을 하셨어요. '학교가 본궤도에 오르고 나면 내가 이걸 국가에 헌납을 하겠다.' 하고 그때 선언을 하신 건데 그걸 이제 실천하시는 거죠.

국가 헌납식 사진 4장.

이달희 이사장은 사실 뭐 다른 사람들은 '돈이 많은 사람이다' 생각하는데 저는 솔직하게 생각해서 이사장께서 돈이 많은 게 아니고 '뜻이 있는 분이었다' 생각을 하죠. 이사장이 이 학교를 넘길 때 국가에 헌납할 때 자기가 약국 하는 그 건물, 그 건물 제외하고 전 재산을 넘긴 겁니다. 그러니까 이 학교 건물만 있는 게 아니고 이 학교에 따른 부속적인 논 이런 것도 있었는데 그것까지 다 함께 넘긴 거거든요. 그때 제 기억으로 아마 110억이 넘는 재산이었지 싶습니다. 이사장 나이가 돼 보니까 '어? 나는 마흔한 살, 마흔두 살에 지금 뭐 하고 있나' 싶으니까 '아, 저 사람 너무 대단하다' 싶죠.

긴장의 연속

#23

김경현 행정안전부 과거사관련업무지 원단 전문위원
허기도 명신고등학교 생물 교사(1986-1991) 前 산청군수
최관경 사천 정동초등학교 동창 부산교육대학교 교육학과 명예교수
이달희 명신고등학교 영어 교사(1986-1993)

노을.

공장 굴뚝.

김경현 인터뷰 장면.

김경현 ‘학교도 헌납하고, 수많은 사회단체에도 기부하고’ ‘결국 뭐 감투 하나 쓰기 위해서 그런 거 아니냐?’ ‘형평운동에 왜 그렇게 많은 집착을 하시고 그럴까?’ ‘혹시 본인의 어떤 출신 배경에 문제가 있었지 않느냐?’ 이거야말로 진짜 ‘마타도어(흑색선전)’인 거였죠.

김장하에게 빨갱이라고 욕하는 전화.

익명 김장하 씨, 내가 누군지 알아요?

김장하 잘 모르겠는데. 나를 자세히 모르고 그런 이야기하지 말아요.

익명 민족문제연구소 후원하지 마세요. 민족문제연구소 뭐 하는 덴데! 무식하면 공부를 하던가, 어? 돈 있다고 말이야 돈지랄하고 다녀? 진주에 얼마나 훌륭한 인물이 많은데. 당신 같은 빨갱이들이 설치는 세상을 만들었어, 왜?

김장하 쓸데없는 소리 말아요.

익명 어이 김장하 씨, 엄한 소리 하지 말고 국가에 반성하라고 반성문 써서 제출해, 어? 반성문 써서 제출하라고 빨갱이 짓해서 미안하다고.

김장하 전화 끊어요.

허기도 인터뷰.

허기도 자기 수준에, 자기 주변의 사람들하고 같은 생각을 하고 있으니까 그런 오해를 하는 거예요, 사람들이 자기 수준에서 이야기를 하다 보니까 그분이 이해가 안 되는 거죠. 늘 미안하죠, 그런 부분에 대해서.

김장하 자택.

김장하 많이 들었어, 나도 많이 들었어요. 그런데 결과는 봐 보면 알잖아요.

김주완 네.

김장하 결과는 뭐였습니까?

김주완 그러니까 세월이 증명해 주는 거라고, 그냥.

김장하 그걸 다 증명하려고, 변명하려고 하지도 않았고, 화를 낼 필요도 없었고. 묵묵히 참고 견디는 거죠.

산행하는 김장하.

최관경 인터뷰.

PD 선생님은 김장하의 삶이 부러우세요?

최관경 별로 뭐 안 부럽죠.

PD 왜요?

최관경 왜, 너무 신과 같으니까.

산행하는 김장하.

최관경 그게 따져보면 사실은 말은 쉬워도 긴장의 연속 아니겠습니까?

이달희 인터뷰.

이달희 아, 순간적으로 저분이 굉장히 힘들었겠다, 하는 생각이 들더라고요. 평생을 저런 생각으로 사셨으니까.

산행하는 김장하.

이달희 허투루 살지는 못했을 것 아닙니까. 참 힘들었겠다는 생각이 들죠. 부끄러워요. 제 입으로 그분을 자꾸 말하는 게 저희는 사실 부끄럽습니다. 저희가 그분의 삶을 닮을 수가 없어서, 부끄럽다고요.

산행하는 김장하.

김장하 야호!

몰래 생일잔치

#24

여태훈 진주문고 대표
문형배 김장하 장학생(1981-1986) 헌법재판관
김언희 시인 前 형평문학선양사업회 회장

차 따르는 손.

여태훈 (차 따르는 소리) 차 한잔하십시오.

진주 여서재에서 차 마시는 세 사람.

여태훈 제가 해마다 이사장님께 햇차가 나오면 꼭 갖다 드렸는데 그것도 올해가 마지막일 것 같네요.

여태훈, 이곤정 인터뷰.

김주완 남성당 한약방이 이제 문을 닫잖아요, 5월 말로.

여태훈 몇 년 전에 생일잔치를 또 비밀리에…

김주완 2019년도였죠.

여태훈 네, 그때 한 번 해서 그거는 성공을 했죠.

2019.01.16. 김장하 선생 몰래 생일 잔치하는 자료 화면.

여태훈 선생님 오늘 공연이 있습니다.

PD 저 때만 해도 지금… 선생님은 공연 보러 오는 걸로 알고 계셨던 거예요?

김주완 그렇죠. 그래서 깜짝 잔치를 열어 드린 거예요. 옆에는 사모님. 그날 생신이라서 밥을 먹고 온 거거든요. 가족끼리 밥을 먹고…

윤성효 이사님 지금 어떤 자리인지 아시겠지예? 오늘 김장하 이사장님 생일입니다. 그래서 먼저 생일에 맞게 케이크를 놓고 다 함께 축하하는 생일 노래 한번 불러드리도록 하겠습니다.

단체 생일 축하합니다~ 생일 축하합니다~ 사랑하는 선생님~ 생일 축하합니다~(환호와 박수)

인사말 하다 울먹이는 문형배.

문형배 저는 고등학교 2학년 때부터 대학교 4학년 때까지 그 장학금을 받았습니다. 사법시험을 합격하고 선생님께 고맙다고 인사를 갔더니 자기한테 고마워할 필요는 없고 자신은 이 사회에 있는 것을 너에게 주었을 뿐이니 혹시 갚아야…, (박수) 갚아야 된다고 생각하면 이 사회에 갚아라.

김언희 시인의 감사 인사.

김언희 시와 모든 시인은 읽힐 때 다시 태어나고 영원히 거듭난다 그 생각을 합니다. 선생님, 형편이 어려울 때 저희를 도와주셔서 너무 감사합니다.

김장하 선생님 답사.

김장하 아니, 저녁 잘 먹고 납치되다시피 와 가지고 뭔 영문인지도 모르고 왔습니다. 알고 보니 정말 얼떨떨해지네요. 생일이라고 말씀드리고 보니까 76년이 언제 지나갔는지 모르게 지나갔습니다. 여태까지 살아온 것만 해도 부끄럽지 않은 삶을 살려고 노력을 많이 해 왔습니다만 아직 부족한 부분이 많이 있습니다. 앞으로 남은 세월은 정말 부끄럽지 않게 살도록 노력하겠습니다.

생일잔치 마지막 단체 축하 인사.

단체 김장하~ 선생님~ 고맙습니다~

여태훈 그때도 말이야 내가 아무것도 모르고 그리 당했는데 이번엔 절대 안 된다고. 그날 만약에 그러면 한약방 안 나오겠다고, 문을 닫겠다고.

가족의 헌신

#25

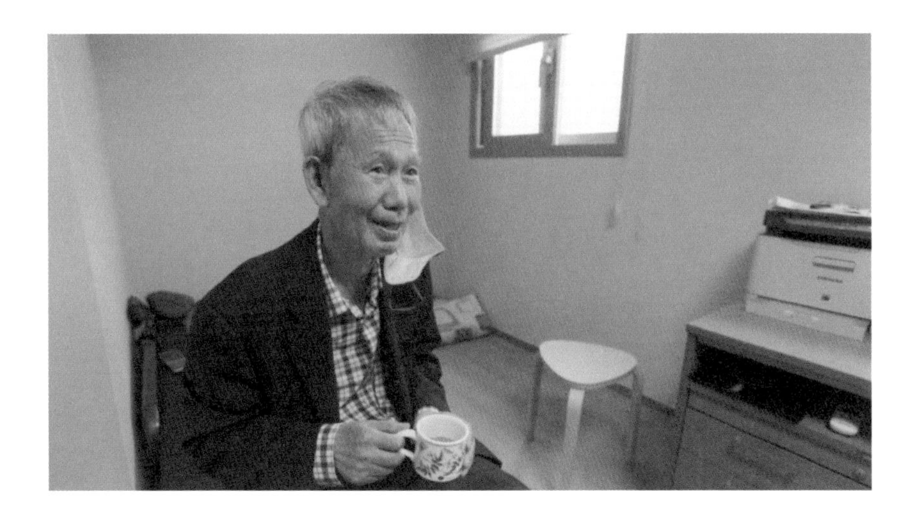

최송두 김장하의 부인

남성당 복도에서 최송두 여사와 대화하는 김주완.

김주완 저렇게 훌륭하신 분과 평생을 사니까 좀 피곤하지 않으셨어요?

최송두 앞발 들었어요.

김주완 아팠다고예?

최송두 앞발 들었어.

김주완 힘드셨지요?

최송두 우리 손자 말대로 '앞발 들었어요'. 진주 시내 나가서 말도 못 한다는데, 지는. 할아버지 때문에.

김주완 손자가요?

최송두 네.

김장하 자택.

커피 마시는 김장하.

김장하 어제 친정 형제간들이 저녁을 한 그릇 샀어요, 서운하다고.

명신고 기증하는 날 아내와 기념사진과 가족사진.

김장하 그래서 내가 인사를 하면서 내가 영광의 길을 걸어왔는데 그 내면에는 우리 집사람의 공로가 컸다. 앞으로는 잘 모시고 잘 살겠습니다.

김장하 자택. 농담하는 김장하.

김장하 처갓집에는 좀 점수를 따야 되잖아요. (웃음)

김장하 자택 부엌에서 최송두 여사.

최송두 이거 찍어서 뭐 할 거라고 찍는데요… 엉망으로 하고 있는데…

김장하 선생님한테 먹을 거 갖다주시는 최송두 여사.

최송두 과일 더 가져올까? 숟가락 얹어 놓은 게 할배 거요. 쫌! 뭐 할라 찍을라 하노.

김장하 자택.
농담하는 김장하.

김장하 삼식이 놈이고, 이식이 님이고, 일식이 양반.
PD 선생님은 어디에 속하시나요?
김장하 삼식이지. (웃음)

김장하 키즈

우종원 김장하 장학생(1977-1983) 일본 사이타마대학 경제학부 교수
이준호 김장하 장학생(1977-1988) 서울대 자연과학대 교수

비행기 착륙.

공항 출도착 알림판.

인천.

서울역에서 만나는 두 남자.

이준호 어디 가 있는 거야, 도대체. (웃음)

우종원 준호야.

이준호 아하하하.

우종원 반갑다.

이준호 마스크를 써 놓으니 알 수가 있나. 이렇게 쑥 나타나네.

이준호와 우종원 인터뷰.

우종원 뭐 괜찮습니다. 김장하 키즈니까요, 저희들이 공부 잘하고 한편으론 집안 형편 어렵고. 우리 이 교수는 석사과정 마칠 때까지 (장학금 받았죠).

이준호 저는 대학원 때까지.

고교 졸업식 사진.

이준호 하여튼 공부만 하면 되는 그걸 받쳐 주신 거죠. 진짜 마음 편하게 할 수 있는 걸 할 수 있게 해 주신, 전혀 간섭도 안 하시고. '하여튼 네가 원하는 걸 해라'.

막걸리 따라 주고 잔 부딪히는 두 사람.

이준호 아이고, 타향에서 고생이 많다.

우종원 반갑다.

이준호 진짜 반갑네.

막걸릿집에서 회포 푸는 두 사람.

이준호 지난달인가 갑자기 전화를 하셨는데 '김장하다.' '어? 선생님.' 이랬더니 '좋은 세계적인 연구를 했데. 축하한다.' 그러면서 전화를 하셨어.

우종원 그 신문에 난 거 보고.

이준호 그런 전화를 이번에 처음 하셨어, 사실은.

이준호와 우종원 인터뷰.

이준호 보통은 선생님이 들으시는 편이었던 것 같아요. 학교에서 어려운 게 없나 뭐 어떻게 하고 있나. 그다음에 필요한 거 없나.

우종원 그때 젊은 저희들한테 해 주실 말씀은 많이 있었을지도 모르는데 일부러 안 하셨다고 생각합니다.

이준호 안 하신 것 같아요.

우종원 왜냐하면 선생님이 베푸는 입장이고 또 젊은 친구들한테 자신이 무언가 말씀을 하시면 그게 저희들한테 부담이 될 수도 있고 이렇지 않습니까. 선생님께서 굉장히 자제를 많이 하신 게 아닌가.

최악의 선택을 피하게 하는 브레이크 같은 존재

#27

여태훈 진주문고 대표
이영주 전국교직원노동조합 초대 경남 지부장

여태훈 인터뷰 장면.

책 마을 사진 2장.

김주완 여 대표님의 삶에는 김장하 선생님이 어떤 영향을 미쳤다고 봅니까.

여태훈 최악의 선택을 피하게 하는 브레이크 역할이에요. 정신이 혼미하거나 제가 중심을 못 잡을 때 그분이 마치 뒤에서 두 눈 부릅뜨고 지켜보는 것 같기도 하고요.

전화 받으며 카메라 바라보는 김장하.

김주완 다들 좀 그런 것 같습니다. 저도 그렇고. 내가 이런 짓을 했을 때 김장하 선생님한테 부끄럽지 않을까 하는 게 은연중에 다 가슴속에 있는 것 같아요.

여태훈 맞습니다.

운동장 관중석에서 이영주와 김주완.

이영주 김장하 선생님이 옛날에 그런 말씀하셨던 것 같은데, '돈이라는 게 똥하고 똑같아서 모아 놓으면 악취가 진동을 하는데 밭에 골고루 뿌려 놓으면 좋은 거름이 된다.'

김장하 키즈의 귀환 #28

막걸릿집.

이준호 그런데 벌써 (한약방) 문을 닫으신다니 참… 좀 먹먹하네 사실은. 그치? …근데 벌써 50년 넘게…

우종원 진주에서만 55년…

이준호 그렇지.

우종원 사천까지 합하면 60년.

이준호 그러니까….

촉석루 드론 샷.

우종원 아이고… 진짜 선생님 오랜만에 뵙습니다. 반갑습니다.

이준호 와, 여기 멋집니다.

우종원 풍경 좋다.

촉석루에 앉아 대화하는 세 사람.

이준호 재열이 왔니.

우종원 앉으세요. 네, 반갑습니다.

촉석루에서 옛날 편지를 꺼내 보이는 김장하.

40년 전 이야기에 웃음꽃이 핀다.

김장하 여기 나한테 편지 온 건데…

우종원 아, 이게 옛날에…

이준호 종원이가 보낸 거구나?

우종원 옛날에 (제가) 편지를 보내드린 거네.

이준호 등록금 나온다. 여기.

우종원 등록금은 만 3천…

이준호 13만!

우종원 아, 13만 4천 250원.

이준호 그리고 거기 또 써 놨다.

우종원 '준호 것은 잘 기억하지 못하면습니다.'

이준호 잘했다. 나는 15만 얼마라고 말씀드린 것 같은데?

우종원 그때 우여곡절이 있어서 제가 중간에 자주 못 뵈었죠, 선생님을.

김장하 그때 참 어렵게 보냈잖아.

우종원 네.

김장하 특히 감옥살이하고 나왔을 때, 찾아왔잖아.

우종원 네.

김장하 얼마나 안타까웠던지.

촉석루에서 이야기하는 김장하.

김장하 그런 얘기를 하더라고. 우리 부모 형제가 내 등록금을 준 것도 아니고 남이 등록금을 주는데 공부를 열심히 안 하고 데모를 해서 누를 끼쳐 드려 죄송하다고. 그렇게 말하길래 내가 그랬어. 국가를 위해 봉사하는 길은 둘 다 똑같다

민주주의를 지키기 위해서 희생을 하고 그 곤욕을 치르고 있는데 공과를 따지자면 나는 더 후자를 택하겠다. 그 당시에 점수를 내가 우종원을 더 줬지.

우종원 고맙습니다. (웃음)

함께 웃다가 씁쓸한 표정 짓는 김장하.

촉석루에서 이야기 듣는 김장하.

이준호 선생님 장학생들 스펙트럼이 진짜 만만치 않습니다. 감방도 여럿 가고, 재판하는 사람도 있고 재판받은 사람도 있고.

(일동 웃음)

촉석루에서 이야기하는 김장하.

김장하 서울대 법대 졸업해 가지고 시험 쳐서 변호사가 되었나 싶었는데 어느 날 스님이 되어 가지고 머리를 깎고 찾아온 사람도 있더라고. 참 다양해.

돈보다 더 큰 지원

#29

박영석 이탈리안 레스토랑 셰프

'비란치아' 가는 김주완.

사천.

'비란치아' 입구에서 인사 나누는 김주완과 박영석.

김주완 어어 나오시네요, 아이고.

박영석 반갑습니다.

고등어 파스타 셰프 인터뷰.

박영석 음… 제가 너무 부끄럽고 제가 예의가 없고. 그때 참 철이 없었던 것 같아요. 제가 돈을 빌리러 갔어요. 생각나는 사람이 김장하 선생님밖에 없는 거예요. 그때 제정신이 아니었어요, 솔직히…. 그러니까 찾아갔죠.
그런데 선생님이 묵묵하게 끝까지 들어주셨어요, 제 얘기를. '젊은이 말을 들으니까 참 내 마음도 아프고 안타깝네. 근데 나는 돈을 빌려줄 수 없네.' 저는 묵묵하게 듣고 있었죠. '그 이유는 자네가 보시다시피 지금 한약방도 사양길이고 보시다시피 손님도 한 명도 없지 않느냐. 지금 우리 직원들 월급 맞춰 주기도 힘든 상탠데 미안하지만,' 그게 진심으로 느껴졌어요.
'정말 미안한데 빌려줄 수가 없네….' 그랬거든요. 그래 가지고 저는 선생님이 미안해하고 그러는데 제가 더 미안한 거예요. 그런데 선생님께서 또 '그러나 젊은이 지금은 힘들지만 용기 잃지 말고 한번 열심히 살아보라.'고

파스타 요리하는 셰프.

박영석 그런 말씀을 듣는 순간 저는 진짜 힘이 났거든요.

PD 실제로 도움 주신 건 없잖아요?

박영석 아니죠, 제가 다시 요리사의 길을 다시 시작할 수 있었으니까 그게 큰 계기죠. 돈보다 더 큰 걸 받았죠, 저는.

양팔 저울과 고등어 파스타 요리하는 셰프.

박영석 자본주의 사회에서는 모든 게 다 불평등인 게 문제잖아요. 부의 불평등은 교육의 불평등을 낳고, 교육의 불평등은 미각의 불평등까지 낳는다고 생각해요. 돈이 없으면 이런 것도 못 먹는 거잖아요. 용현면의 생활보호대상자 가족들을 초청하고 그다음 새터민들 가족도 초청하고, 요리사로서의 할 수 있는 길을 저는 해 나가겠습니다.

걸어가며 대화하는 세 사람.

이준호 종원이가 저한테 일본에서 연락해 가지고 '야, 이런 프로그램을 만든다는데 제작진이 일본으로 온단다.' '약간 사기가 아닌지…' '선생님이 허락을 했을 리가 없는데…'

김장하 허락도 한 것도 아닌데.

우종원 맞죠? 그렇죠? 허락한 게 아닌 것 같아.

김장하 아닌데, 허락을 받은 것처럼 그렇게 행동을 하잖아.

'하연옥 식당'에서 음식 기다리는 세 사람.

강주경 선생님, 그럼 은퇴하면 어떻게 시간을 보내실 거예요?

김장하 그래, 그게 제일 문제라. 백수로 세월 보내기가 쉽지 않거든 놀아 봐야 잘 놀 줄 아는데 안 놀아 봐서. 야구 구경하는 걸 좋아하거든. 최동원 선수는 참말로, 참 좋아했지. 스트라이크 던져서 맞으면 또 그 자리에 한 번 더 던지거든.

권재열 아, 그 자리에?

김장하 '쳐 봐라' 이거지. 그런 배포가 좋아.

PD 하지만 이제 롯데를 버리셨잖아요.

김장하 이제 NC로 갈아탔지.

닮고 싶은 어른

#30

플랫폼에서 기차 기다리는 김주완.

기차 탑승.

김주완 김장하 선생님은 이분이 평생 쌓아 온 인품에서 보듯이 얼굴도 그렇고 표정도 그렇고 굉장히 인자하시고 평온하신 얼굴이고요.

평온한 표정의 김장하.

길 걸어가는 김장하.

김주완 그런데 요즘 젊은 친구들은 모르겠죠. 그냥 동네에서 지나가는 노인, 할아버지 이런 정도로밖에 안 보이겠죠. 그렇죠, 뭐 어떻게 알겠어요.

걸어가는 김주완.

김주완 다른 취재와 달랐던 부분이 다른 취재를 할 때는 여러 가지 방해 요소들이 많잖아요.

호텔에서 쉬는 김주완.

김주완 거기에 대해 피하는 사람도 있고, 거부하는 사람도 있고 또 방해하는 사람도 있고.

취재 과정에서 만난 다양한 사람들.

김주완 근데 김장하 선생님 취재를 할 때는 한결같이 만나는 사람마다 너무나 적극적이고 협조적으로 나온다는 거죠.

한약방 주인과 대화.

최점자 책을 쓴다고요?

김주완 예.

최점자 그런 사람은 할 만합니다. 알리면 좋지 뭐. 그런 사람들은 본받을 게 많으니까 알려야지.

사천 바닷가 걸어가는 김주완.

김주완 참… 지금까지 취재하면서 이렇게 협조적인 분들을 많이 만난 그런 취재는 이번 취재가 처음이었다.

전화 섭외하는 김주완.

김주완 취재 과정도 상당히 재미가 있었던 게 이분을 만나면은 그분을 통해서 또 다른 분을 소개받고 이렇게 연결 연결돼서 하나씩 이어지는,

취재 과정에서 만난 다양한 사람들.

김주완 퍼즐이 하나하나씩 끼워 맞춰지듯이 너무 재밌기도 하고 또 희열을 느끼기도 하고. 기분 좋은 일들이 굉장히 많았죠.

신발 신고 바로 옆 비빔밥집 간다.

PD 어디가 편하세요? 선생님 주로 뭐 드세요, 여기서는?

식사 후 계산하며 주인과 대화.

김장하 우리 약방을 그만둬야 될 때가 며칠 안 남았네.

음식점 사장 예. 그렇네요. 서운해서 어쩝니까.

텅 빈 남성당 문 열고 들어가는 김주완.

김주완 일요일 빼고 토요일까지 거의 뭐 60년간 이 자리에 앉아서 약을 짓고 손님을 맞이하고, 또 도움을 청하는 사람들을 만나고, 이야기를 들어주고.

각종 사물들.

김주완　선생님이 지금이라도 문을 닫고 공식적으로 이렇게 은퇴를 하시는 게 어쩌면 약방이란 감옥에서 벗어나는 것 같은 그런 느낌이 아닐까.

김주완 인터뷰.

김주완　이번에 김장하 선생님을 취재하는 과정에서 나도 앞으로 어떤 어른으로 나이 먹어 가면 좋을까? 그런 과정으로 이번 취재를 임했다고 할까요.

텅 빈 남성당 한약방.

김주완　후세들이, 후배들이, 젊은 사람들이 닮고 싶어 하는 사람. 그 사람이야말로 우리 시대의 어른이 아닌가.

김주완 대공연장 페이드 아웃.

마지막 출근

#31

김종명 명신고등학교 7회 졸업생 김장하 장학생

지리산이 보이는 진주 시내 타임 랩스.

남성당 한약방 영업 종료일.

걸어가는 김장하.

자물쇠 잠그는 상인.

걸어가는 김장하.

문 여는 김춘하. (셔터 올리는 소리)

출근하는 김장하.

남성당 한약방 내부 모습.

한약방에서의 김장하 뒷모습.

여태훈 남성당 한약방 하나가 단순히 문을 닫는 거는 아니지 않느냐 그래서, 또 비밀리에 동시에 한날한시에 모여서 좀 기념을 했으면 좋겠다.

한약방으로 모여드는 사람들.

윤성효 이쪽, 이쪽.

황병권 너무 오랜만에 뵙습니다.

인터뷰 장면.

김주완 명신고등학교에서 장학생으로 선발되신 거다, 그죠?

김종명 졸업할 때죠.

김주완 졸업할 때!

꽃바구니.

줄 서 있는 사람들.

김종명	신문 기사를 보고 여기 문을 닫는다고 들었는데 그래도 마지막 인사는 드려야 되겠다 싶어서 부랴부랴 내려왔죠.
김종명	솔직히 저도 여기 말고는 모르니까. 만약에 여기가 문을 닫으면 인사를 드릴 수가 없지 않습니까.

한약방으로 찾아온 손님들.

여태훈	들어가자, 들어가자. 들어가야지.

휴대폰 촬영하는 김주완.

입구에 몰려든 손님들.

뭔 일인가 싶어 쳐다보는 김장하.

북적북적한 한약방.

윤성효 손에 이끌려 나오는 김장하.

김장하	이게 뭐야?
윤성효	내일도 또 올 거고요. 수고 많으셨다고 몇 분이 전화로 연락을 해 오셔서 도저히 그냥 지나갈 수 없다고 해서 고맙다고 인사라도 드리고 가자 싶어서요.

북적북적한 한약방.

김장하 이리 번거롭게…

윤성효 이사장님, 역정 내지 마시고요. 다들 지금 불안해 가지고, 지금….

김장하 그냥 가만히 보고만 있으면 되는데.

윤성효 그냥 보고만 있다가… 그래도 꽃다발 그래도 하나는 그냥 해야 안 되나 싶어 가지고.

인사하는 명신고 졸업생.

졸업생 2기 졸업생입니다. 감사합니다, 이사장님.

윤성효 명신고 졸업생이라고 하니까 얼굴 좀 펴시네.

차례차례 인사하는 사람들.

맥박 감사합니다. 그동안 수고 많으셨습니다.

김언희 이제 많이 걸어 다니시라고.

권영란 〈진주신문〉… 옛 식구들이요. 기억하시죠, 선생님?

서성룡 많이 아쉽습니다.

〈진주신문〉 식구들과 악수.

김장하 내가 안타까운 것은 〈진주신문〉 창간 정신을 이어 주지 못하고 지켜 주지 못한 것이 안타까운 거야. 사회가 좀 겁을 내는 게 있어야 되는데 겁내는 데가 없이 설치면 사회가 몰락하거든. 결국 '5도 10적'이라고 지방 토호 세력이 많았잖아요 무서운 데가 있어야 되거든. 그 역할을 〈진주신문〉이 해 줬어야 했어.

김장하 선생님께 질문하는 김주완.

김주완 선생님, 아까 저희들 들어오기 전에 서울에서 선생님 이제 은퇴하신다는 〈오마이뉴스〉 기사 보고 왔다는 그 장학생, 기억하시겠던가요?

김장하 김종명.

김주완 예. 명신고등학교 7기라고 하던데.

김종명과의 대화 복기하는 김장하.

김장하 그래서 와서 하는 이야기가 '제가 장학금을 받고도 특별한 인물이 못 돼서 죄송합니다.' 내가 그런 거를 바란 거는 아니었어. 우리 사회는 평범한 사람들이 지탱하고 있는 거다.

침묵 뒤에 마지막 인사말 하는 김장하.

김장하 조용히 물러나려고 했는데 이렇게 번거롭게 해드렸네요.
평소에 입은 은혜도 많고
많은 힘을 받았습니다. 이제 조용히 마치고 건강 관리나
하면서 편하게 지내렵니다. 그동안 많은 애정과 후원을
보내 주셔서 고맙습니다. 감사합니다.

윤성효 이사장님, 가겠습니다.

김장하 가려니까 또 아쉽네.

손님들과 마지막으로 담소 나눈다.

손님들과 사진 찍는 김장하.

단체 (웃음소리) 선생님. / 하나, 둘. / 하하하하.

김장하 선생님께 질문하는 손님.

최동석 선생님, '불백'이 뭔데요?

김장하 불러 줘야 나가는 백수.

최동석 하하하. 저희가 불러드리면 놀러 나오세요, 선생님.
가보겠습니다.

마루에서 PD와 대화.

PD 선생님이 뿌린 씨들이잖아요. 몇 날 며칠째 이렇게

되돌아오고 있는데 어떠세요?

김장하 흐뭇하죠.

PD 표정이 정말 밝아지셨어요. 선생님, 농사 대풍이시네요, 사람 농사.

김장하 그렇지, 대풍이지.

한약방을 나서는 김장하.

한약방 앞에서 마지막 단체 사진.

김장하 그러니까 나에 대한 평가는 아무도 칭찬하지 말고 나무라지도 말고 그대로 봐 주기만 했으면…. 지금도 그렇게 말하고 싶어요.

한약방 셔터 내림.

2022.05.30. 남성당 한약방 영업 종료

김춘하 박수!

(박수 소리)

김장하 감사합니다.

차에 타기 전 경례하는 김장하.

스니크 아웃.

"내가 배우지 못했던 원인이 오직 가난이었다면, 그 억울함을
다른 나의 후배들이 가져서는 안 되겠다 하는 것이고, 한약업에
종사하면서 내가 돈을 번다면 그것은 세상의 병든 이들, 곧 누구보다도
불행한 사람들에게서 거둔 이윤이겠기에 그것은 내 자신을 위해
쓰여서는 안 되겠다는 생각 때문이었습니다."

"그런 이유에서 설립된 것이 이 학교이면, 본질적으로 이 학교는
제 개인의 것일 수 없는 것입니다. 앞에서도 말씀드렸듯이 본교 설립의
모든 재원이 세상의 아픈 이들에게서 나온 이상, 이것은 당연히 공공의
것이 되어야 함이 마땅하다는 것이 본인의 입장인 것입니다.
그리고 본교가 공공의 것이기 위한 가장 좋은 방법이 바로 공립화요,
그것이 국가 헌납이라는 절차를 밟아 오늘에 이른 것입니다."

— 김장하, 명신고등학교 이사장 퇴임사 中

김장하 연보

1944	경남 사천시에서 출생
1959	삼천포 남각당 한약방에 점원으로 취업
1962	한약업사(당시 한약종상) 시험 합격
1963	사천시에 남성당 한약방 개업
1973	진주시 장대동으로 남성당 한약방 이전
1977	진주시 동성동으로 남성당 한약방 이전
1983	학교법인 남성학숙 설립 이사장 취임
1984	명신고등학교 개교
1990	진주신문 창간 주주 및 이사
1991	명신고등학교 공립 전환
1992	진주환경운동연합 고문
1992-1996	경상대학교 남명학연구 후원회장 역임
1992-2004	형평운동기념사업회 회장
1995	진주신문 가을문예 시작
	진주문화사랑모임 부회장
1996-2000	한국가정법률상담소 진주지부 이사장
1997	경상대학교 경영행정대학원 최고관리자과정 수료
2000	지리산살리기국민행동 영남대표
	진주신문 가을문예, 남성문화재단으로 이관
	진주오광대보존회 이사장
2001	'진주문화를 찾아서' 문고판 출간 지원 시작
2002	가정폭력 피해여성 보호시설 내일을 여는 집 개관
	지리산생명연대 공동대표 및 상임의장
2005	사단법인 진주문화연구소 이사
2008	뉴스사천 발기인 및 주주 참여
	경상대학교 명예문학박사 학위 수여
2021	남성문화재단 해산, 잔여 재산 경상국립대에 기증
2022	남성당 한약방 폐업

"줬으면 그만이지, 보답받을 이유가 없잖아요."

김장하 선생은 그렇게 말했다. 무언가를 줬다고 여긴 적도, 돌려받기를 기대한 적도 없었다. 그는 그렇게 50년을 진주라는 한 도시 안에서 조용히 살아왔다.

다큐멘터리 영화 〈어른 김장하〉는 바로 이 한 사람에 대한 이야기다. 하지만 단순히 한 사람을 조명하는 영화가 아니다. 김장하라는 사람을 통해 '진짜 어른'이 무엇인지 되묻는 작품이며, 나이듦과 책임, 그리고 '좋은 어른이 되는 일'에 대해 깊이 있게 성찰한 기록이다.

진주를 치유한 한 사람, 한약사 김장하

경남 진주시에서 남성당 한약방을 운영하며 수많은 사람을 도운 김장하 선생은, 인터뷰에 거의 응하지 않았다. 자신이 베푼 일이 자랑처럼 들리는 것이 싫었던 그는, 묻는 질문에 침묵하거나 말을 아꼈다. 그래서 이 영화는 김장하 선생이 아니라, 그에게서 도움을 받은 사람들, 그의 주변에 있던 이들을 통해 한 사람의 삶을 모자이크처럼 보여 준다.

직접 말하지 않아도, 선생의 철학은 그의 일상 속에 녹아 있었다. 기술료를 붙이지 않은 약값, 약재를 쪼개 쓰는 가난한 이들에게 오히려 더 좋은 약을 내어 주던 마음. 그의 박리다매는 장사가 아닌, 공동체를 위한 태도였다.

이 영화가 전하는 것은 선행 그 자체보다, 그가 '왜' 그렇게 살았는가에 대한 질문이다. 그는 스스로를 드러내지 않고, 그저 이웃을 치유하며 살아왔다. 불교의 '무주상보시(無住相布施)', 주지 않고도 주는 삶이란 바로 그런 것이다.

혹시 나도 꼰대가 되어 가는 건 아닐까?

영화의 또 다른 주인공 김주완 기자는 말한다. 자신이 젊을 때 그토록 미워하던 '꼰대'가 자신도 모르게 되어 가는 건 아닐까—그런 자문에서 이 취재가 시작되었다고. 기자는 말로 세상을 바꾸고자 하는 사람이다. 그런 그가 좋은 어른을 찾아 세상에 알리는 것이 더 나은 변화를 만든다는 확신을 가지고 김장하 선생을 취재했다.

그러나 인터뷰는 번번이 무산된다. 결국 그는, 김장하 선생이 남긴 자국들을 쫓았다. 지역 서점, 여성 보호시설, 장학생들, 연극 극단, 환경운동가, 지역사 연구자들…. 도움받은 이들의 수많은 증언은 이 인물이 얼마나 오랫동안, 얼마나 깊이 지역 사회를 품어 왔는지를 보여 준다. 이 영화는 김장하 선생을 쫓는 다큐멘터리이자, 좋은 어른이란 어떤 사람인가를 묻는 하나의 사회적 탐문이다.

"나는 어떤 어른이 되고 싶은가."

〈어른 김장하〉는 우리 모두에게 그 질문을 조용히, 그러나 강하게 던진다.

지금, 김장하를 생각하는 일

누군가를 처음 기억하게 되는 계기는 그 사람이 한 '가장 큰 일'이 아닐지도 모른다. 명신고등학교를 국가에 기증했다는 말에는 감동하지 않다가, 자가용 없이 자전거를 탄다는 사실에 마음이 동했던 건 어쩌면 우리 안에 '당연하다'고 믿어 온 기준이 흔들렸기 때문일 것이다.

부자가 진보적일 수 있을까? 나이 든 남성이 여성 인권을 위해 목소리를 낼 수 있을까? 누구보다 조용한 사람이, 누구보다 많은 사람을 돕는다면 그건 어떻게 가능할까? 답을 찾고자 한 사람들의 기록은 결국 김장하라는 사람을 중심에 두고 다시 질문하게 만들었다. 그는 왜 그랬을까. 그는 어떻게 그렇게 살았을까.

김장하를 아는 사람들과 그를 잘 몰랐던 사람들까지 그의 이야기를 할 때면 조심스럽게 입을 연다. 증언이라도 하듯, 어딘가 곱씹자 꺼내 놓는다. 그만큼 김장하를 말한다는 건 자기 자신을 돌아보는 일이 되기도 하기 때문이다.

김장하는 '세상이 어찌 이리 혼탁하냐' 하소연하는 PD에게 옛날 이야기 한 토막을 들려 주었다. 손님 사돈이 밥을 먹다가 돌을 씹자 주인 사돈이 죄송하다고 하면서 "돌이 너무 많지요." 그랬더니 "아닙니다. 그래도 쌀이 많습니다."라고 했다는 이야기. 김장하는 직접 가르치기보다 스스로 생각할 여백과 유머를 슬그머니 쥐어 주는 어른이다.

자신을 남기지 않으려 했던 사람, 남을 통해 자신이 기억되기를 바랐던 사람. 그래서일까, 김장하를 이야기하는 사람들 속에는 그가 살아 낸 삶이 그대로 이어지고 있었다.

지금, 김장하를 생각한다는 건 이 시대에 '어른'이라는 말을 다시 떠올리는 일이다. 그리고 어쩌면 조금 더 괜찮은 사람이 되고 싶은 마음을 조심스레 꺼내 보는 일이기도 하다.

출입구

오복
비빔밥

참여한 사람들

제작: 이우환

제작 책임: 지재동

프로듀서: 전우석

감독: 김현지

구성: 차선영

취재: 김주완

촬영 감독: 강호진

촬영: 손무성 | 한상철

촬영 1st: 박민혁

촬영 지원: 김기종 | 유소열 | 강민구 | 송신우 | 안윤덕

편집: 김형남(어반모스)

Digital Intermediate: 이승훈(알고리즘 미디어랩)

사운드: 김수현(럼블사운드)

음악: 김인영(더 플레임)

시각 효과: 김경수(다라이 픽쳐스)

디자인·타이틀: 김호랑(디호)

연출부: 주혜림 | 백지은

스크립터: 배홍준 | 김예빈

디지털: 전규랑 | 김나율 | 김시은

디지털 홍보: 이우정 | 류일화

행정 지원: 윤다연

회계 지원: 조연서

한글 자막: 김호랑(디호)

영어 자막: 변상수 이연화(POST1895공작소)

영어 번역: 이주영

일어 번역: 신지경

프리뷰: 오지선 | 이소연 | 이정은 | 정인지

동시 녹음: 강준영(준플래닛)

일본 코디네이터: 손영주

일본 현지 촬영: 권이

차량: 이정민 | 이준호 | 이성재 | 김현우 | 윤남혁

Digital Intermediate: Algorithm Media Lab

Director Of Department: 조희대

Technical Supervisor: 김경희

Color Supervisor: 조신영

Digital Colorist: 이승훈

Colorist Assistant: 노혜리

Post Production Supervisor: 곽선구

System Engineer: 신영섭 | 강경원
Quality Control Special List: 김지연 | 류지원
DIT: 김재은
음악: 더 플레임
음악 감독: 김인영
작곡: 김인영 | 박승주
음악 믹싱: 김진희
Sound: 럼블사운드
Sound Supervisor: 김수현
Dialogue Editor: 이지윤
Sound Design: 김수현 | 이지윤
Ambience: 이용진 | 조성현
Foley Artist: 이용진
Foley Recoding: 이성의
SFX Sound: 김우현 | 이지윤
배급 총괄: 김일권
국내 배급: 나선혜 | 김재연
해외 배급: 진솔아
홍보 마케팅: 성혜인 | 김명주 | 홍진경
광고 디자인: 이관용 | 김다슬 | 박채영 | 배은별(스푸트닉)
예고편: 변상수 | 이연화(POST1895공작소)
온라인 마케팅: 서유진 | 남유경 | 이현지 | 노홍아(앨리캣)
온라인 디자인: 박드보라 | 방민호(앨리캣)

관련도서:
〈줬으면 그만이지〉, 김주완, 도서출판 피플파워, 2023

자료화면:
국회방송 | 김경현 | 김주완 | 명신고등학교 총동창회 | 성중곤 | 윤성효(오마이뉴스) | 하병주(뉴스사천) | 한겨레신문사 | 형평운동기념사업회 | MBC | MBC경남

배급투자: MBCGNX

후원: 경상남도 | 경상남도교육청 | BNK경남은행

촬영 장소 제공:
경남문화예술회관 | 보수동 우리글방 | 부산교육대학교 | 부산교통공사 | 부산대학교 | 사천종합운동장 | 삼천리자전거 진주 서부지점 | 서울 용산구 백두산 | 서울대학교 | 인천국제공항공사 | 일본 사이타마대학교 | 진주 가나막창 | 진주 남가람 청국장마을 | 진주 마천식당 | 진주 망경식육식당 | 진주 복합문화공간 루시다 | 진주 송강식당 | 진주시외버스터미널 | 진주 오복비빔밥 | 진주 유정장어 | 진주 하연옥 | 진주성관리사무소 | 창원 4월의 바보 | 카페 여기서행복할것 | 카페 현장에이라운드 | 코레일 | 코앞건설 | 파티앤스터디 세종 | 한국전통문화전당 | 함양지리산고속 | 행정안전부 과거사관련업무지원단 | 헌법재판소 | 현장 아트센터

도움 주신 분들:
경남도립미술관 | 경남도민일보 | 경상국립대학교 | 극단 현장 | 남성문화재단 | 도서출판 피플파워 | 명성한약방 | 명신고등학교 | 명신고등학교 총동창회 | 민족문제연구소 | 박완수 | 박종훈 | 방송문화진흥회 | 사람과나무 출판사 | 사명회(사립 명신을 생각하는 교사들의 모임) | 사천 비란치아 | 사천 신기리 용현면 마을주민 | 사회복지법인 한울타리 | 연수당한약방 | 예경탁 | 이인안 | 지리산 산촌민박 | 진주문고 | 진주문화사랑모임 | 진주문화연구소 | 진주여성민우회 | 진주오광대보존회 | 진주 풍물패 한누리 | 진주환경운동연합 | 하정우 | 한성당한약방 | 형평운동기념사업회

어른 김장하 각본

초판 1쇄 발행　2025년 5월 8일

지은이　김현지
펴낸이　박영미
펴낸곳　포르체

책임편집　김찬미 유나
마케팅　정은주 민재영
디자인　황규성

출판신고　2020년 7월 20일 제2020-000103호
전화　02-6083-0128
팩스　02-6008-0126
이메일　porchetogo@gmail.com
인스타그램　porche_book

ISBN 979-11-94634-20-1 (03810)

- 이 책의 국립중앙도서관 출판시도서목록은 서지정보유통지원시스템 홈페이지
  (http://seoji.nl.go.kr)와 국가자료공동 목록시스템(http://www.nl.go.kr/kolisnet)에서
  이용하실 수 있습니다.
- 잘못된 책은 구입하신 서점에서 바꿔드립니다.
- 책값은 뒤표지에 있습니다.

여러분의 소중한 원고를 보내주세요.
porchetogo@gmail.com